太阳的羽毛

罗凌芳 著

国文出版社

· 北京 ·

图书在版编目（CIP）数据

太阳的羽毛 ／ 罗凌芳著． -- 北京：国文出版社，
2024． --ISBN 978-7-5125-1714-1

Ⅰ．Ｉ247.7

中国国家版本馆 CIP 数据核字第 20242A5L81 号

太阳的羽毛

作　　者	罗凌芳	
责任编辑	戴　婕	
责任校对	孙雪华	
出版发行	国文出版社	
经　　销	全国新华书店	
印　　刷	三河市中晟雅豪印务有限公司	
开　　本	880 毫米 ×1230 毫米	32 开
	7.5 印张	150 千字
版　　次	2024 年 8 月第 1 版	
	2024 年 8 月第 1 次印刷	
书　　号	ISBN 978-7-5125-1714-1	
定　　价	68.00 元	

国文出版社
北京市朝阳区东土城路乙 9 号　　邮编：100013
总编室：（010）64270995　　传真：（010）64270995
销售热线：（010）64271187
传真：（010）64271187-800
E-mail：icpc@95777.sina.net

自序

　　清醒的时候，常常问自己为何写作？码字于我并不陌生，一直在指尖或凝滞晦涩，或激越飞扬，寻常得如同一呼一吸，如同波澜不惊的溪流。

　　翻看字典里排列有序的汉字，渴望她就是精灵，插上想象的翅膀，幻化出无穷无尽的生命姿态，或小说、散文、诗歌，或什么都不是，只是难以卒读的片段和场景。沉迷其中的我，挣扎，寻觅，痛苦，快慰，努力分拣哪个是更真实的自己。

　　试着摆脱清醒，重新把自己塞进没有墙壁的房间里，回到黑暗和混沌状态，不让外界知晓，却企图窥伺外界。惊讶地发现，熟视无睹的山河、道路、飞禽等万物，包括沸腾的地核、辽远的星空，有着与人类相似的欲望，浑身长满了嘴，喋喋不休地倾诉，只是缺乏高山流水般的知音。相比之下，站在舞台中央的他或她，准备稀声谢幕，褪下沉重的表演服，遁入聚光灯照不见的自由自在之所。

仿佛架构起某种链接，可以通向秘密花园，不需要那么急切地寻找入口，就在黑暗中待一会儿，哪怕就一小会儿，听，内心生长时的拔节缠绵，它正叩开坚硬的躯壳，袒露鲜为人知的柔软与丰盈。

2024 年 6 月 5 日

目录

流星划过山村

没有月亮，天边黑沉沉。正打算洗洗睡了，老郭叔把我叫到楼下，递过来一盏煤油灯，自己扛着竹梯往外走。我问他干吗去，老郭叔说，你跟着就是了。不会做出格的事吧，我想，丁点坎儿都过不去？毕竟是见过世面的人。老郭叔把梯架在溪边沙朴树上，用脚踩了踩，梯子"咯吱咯吱"响。我似乎明白了他的用意，说："灯好不容易挂上去的。"老郭叔边爬边说："看着心里堵得慌，什么流星雨，全扯淡！"沙朴树周身爬满青苔，沾上露水后，摸着滑溜溜的。老郭叔一手抓梯沿一手去扯灯带，灯带与枝条缠在一起，越扯越紧。郭婶后脚跟出来说："就你猴急，白天不能干，夜里偷偷摸摸做贼似的。"老郭叔说："让人围着看猴戏啊，你不要脸，我还要脸呢。"他左脚踮在梯边，右脚踩着树枝，上身整个趴在树上，好让手伸得更远些。起风了，树枝摇晃，老郭叔身子也跟着摇晃，我在底下看着都晕，劝他小心点。这时，对岸有人打着手电筒朝埠头移动，光束照着溪水一漾一漾。不知怎的，梯子竟然倒了，"扑通"跌入溪中。对岸人警觉起来，用手电筒朝沙朴树晃晃，喝问："谁？干什么？"话音刚落，就见老郭叔像捆麻绳似的从树上栽下来……

我愣住了，束手无策。

城市上空云层稀薄，天空一片澄净，正是观测星星的好时机。这是座三十七层高的楼房，顶层十平不到的小阁楼是我暂且安身的蜗居。再爬五级楼梯，推开一道防火门，就是楼的精华之所——四五百平方米的大露台，站在这里可以鸟瞰全城。露台东南角，架着台天文望远镜，高倍高清，能自动跟踪星球运动轨迹。这家伙花了我整三年的积蓄。这段时间，我索性在大露台上搭起帐篷，天当被地当床。星空是如此的广袤而神秘，繁星点点，时明时暗，似乎在打暗号，只是无法破译。我捕捉到猎户座有组流星体移动轨迹呈"Z"字形，像模特在T台上走猫步，移动二十一天后，呈缓慢下降趋势。流星体核心密度很高，有可能是爆炸后的星体残片，也可能是飘浮在星际的微小尘粒。我把速度及公转自转等因素并联考虑，初步推算出落点——北纬28度56分，东经121度23分。地球仪显示这片区域为深绿色，应当属于森林地带。我惊讶地发现，落点距离居住区域仅五十来千米，真是天赐良机，我不禁仰天长啸。

我背起帐篷带着相机出发了。作为一名自来水公司的测绘员，平日钻深山老林风餐露宿常有的。公司年轻人喜欢坐办公室，干这类苦活累活的人少。公司领导知道我爱好天文，睁只眼闭只眼，临走叮嘱勘察那一带地质水系情况。我喜欢探险，天不怕地不怕，当然也有一怕，怕办公室马主任追我屁股后唠叨："莫天行，老大不小了，该交女朋友了，给你介绍一个。"我被追得烦了，索性手指朝天一戳说："女朋友在天上。"他哪能懂我心思，捋捋头发，翻翻白眼说："这不是咒人吗？"从此不再提及。连公司保洁阿姨都知道我癖好古怪，是个不折不扣的败家子，攒下钱不买车买房想着找媳妇，整日猴子样蹲在角落望天，天上能掉媳妇？我可不在意别人怎么说，这世上同道中人原本就少，即便有，也如同天上的星星，可望而不可即。

汽车加"十一路"双腿行走，没被绕晕前，我站在一处三岔口，这里已接近预测的坐标点。手机信号没了，幸好在野外待久有经验，身上带着应急包。我喘口气歇歇脚，见周围高山耸峙，细数有九座山峰，高达千米，植被茂盛，状如九龙腾翔，有瀑布从山涧涌出，汇聚在山脚下，淙淙流淌。有溪流大多会有人家，我沿溪走了约莫一个小时，果然在一片开阔的凹地，觅得一村落，数十座石头屋沿溪排开，墙上黑黝黝的缝隙纵横交错。溪边有棵粗壮的沙朴树，四五个老人坐在石墩上闲聊，见有陌生人，上下细细打量着我。其中有个老头站起来，背着双手绕着我转了两圈，戳戳我背的帐篷。他看着六十岁上下，身板硬朗，高出我半个头，冬瓜脸，皮肤粗糙，看人眼神像透着寒气的刀，其他老人喊他老郭叔。他像提防坏人似的盘问我干吗来了，打哪里来。我就是脑门头发少些，面相老些，不至于是副坏人模样。

按图索骥寻着的地方叫岭脚村，合起来就五十来户人家，以流经村里的岭溪为界，溪南称新里，溪北称外王。头脑活络、身强力壮的村民大多在外打工，村里剩老人与孩子，还有带娃的小媳妇，深山冷坳里，平时少有外人进来。老郭叔大名郭冬民，在村里辈分高，人还没老掉牙，小媳妇得喊他"公"。我三下五除二就将村子里外跑了个遍，没发现其他特别，倒是这条岭溪和溪边的沙朴树引起我的注意。沙朴树枝繁叶茂，树根遒劲，深深嵌进埠头的石缝里，树根扭曲着伸到溪水里。溪水流经树根，打起漩涡，竟然改变方向，穿过溪涧石汀步向西流去，树根周边还围着铁栅栏。我很是好奇，赤脚下到溪里，六月天水还很凉，透着一股寒气。一连两天都下着雨，星星影也没见着，我拍了几张照片便打道回府。老郭叔亲自到村口，目送我走出很远，才背着手回去。不知咋的，总觉身后有把寒凛凛的刀跟着，甩都甩不掉。

隔了十来天，我再次来到岭脚村，把楼顶的家伙也搬来了。经过再次测算，我可以断定，本轮流星体落点应该在以岭脚村为核心不出五百米的范围。我把预测结果发在"天空之城"业余天文爱好者微信群里，大伙嘲笑这是痴人说梦。先不说测算需要精密仪器和大量可供分析的数据，单流星本身在穿越地球大气层时，因急剧摩擦几乎燃烧殆尽，哪会有什么精准落点。我向来保持思考的独立性，坚信真理掌握在少数人手里。村民见我又回到村里来，肩挑背扛的东西不少，吃不准来意，多个心眼提防。我晚上睡帐篷，白天就着溪水啃面包，遇人笑眯眯，他们才慢慢放下戒备。

开头几日没见着老郭叔，第三天他出现了，背着手跟我后头，我走到哪里他就跟到哪里，嘴里不停地念叨"这地是我家祖上的，那山是我家祖上的"。我听得出他是在显摆，故意逗他："那会儿你在哪里？"老郭叔讪讪地笑笑。几天相处下来，觉着老郭叔虽然看着凶巴巴，但其实蛮好说话，还是个闯过江湖见过世面的人。我向老郭叔打听："这岭溪水为啥从东往西倒着流？"他说："自己记事起就这样，村里人见怪不怪了，谁也没往深里想。"我又问他："流星雨有没有见过？"老郭叔说："老天要下雨便下雨，你拿它没办法的。"我纠正说："不是平常的雨，是'流星雨'，天上掉星星的雨。"老郭叔一听，连连摆手说："小孩子不能乱讲话，流星主凶，天上掉一颗，地上就会死一人。"看他神神道道的样子，我哈哈大笑说："都哪个年代了，还迷信。"老郭叔一本正经地说："今年皇历里有闰四月，保不准会有什么灾难呢。"

我把望远镜往村口高坡上一架，帐篷一搭，晚上躺着看星星看月亮，好不自在。山村的夜空与城里不一样，纯净得很，没有一丝杂质，星星与山尖挨得近，真的是"手可摘星辰"。八点刚过，全村上下乌漆墨黑，村民早早便洗洗睡了。夏虫在草丛间鸣唱，不知谁家猫整夜叫个不停，像婴儿哭。我摊开四肢，整个人奇妙得想飞，有时觉着自己就是一颗星星，因为某种机缘巧合落到人间成了异乡人，从此，无时不在寻找回家的路。在无限美好的遐想中，我犯起迷糊来……恍惚间觉着面前一片雪亮，只见密密匝匝的星星盘旋在岭脚村上空，低得都快触到沙朴树梢。"是流星雨！"我长啸一声，狂奔而下。近了，近了，星星如秤砣如磐石，大大小小，形状各异，颗颗发着蓝宝石般的幽光。我手舞足蹈，恨不得把它们全揽进怀里。逗留片刻，星星划过头顶，划过树梢，飞散出道道耀眼的光芒，坠入岭溪中，消失得无影无踪。我急得抓耳挠腮，梦也醒了。一骨碌爬起来，四周一派沉寂，小心脏"砰砰"狂跳不已。

挨到天亮，沙朴树下照样坐着群老人，我便兴冲冲地把梦境一五一十复述给他们听。我比划着激动地说："星星就在眼前，很耀眼，很好看。"老人深陷的眼眶里藏着黄豆样的微光，无动于衷，跟听天书一样。倒是老郭叔饶有兴致，凑近了说："真要有了，村子跟着出名哩。"我意犹未尽，妙笔生花写了段文字发在"天空之城"群里，微友调侃好梦终于成真，几个天义爱好者寻到岭脚村一探究竟，扛着长枪短炮，围着岭溪和沙朴树拍摄。驴友翻山越岭发现这里山水俊秀，村落古朴，空气含氧量高，是个天然的氧吧，更没想到还是个长寿村。村里有个101岁的阿婆，耳不聋眼不花，能自己洗衣做饭，大伙围着她问这问那，越看越稀罕。如此一传十，十传百，借着互联网平台，岭脚村竟然"出圈"了，陆续有游客进来观山玩水。我满脑子想的是，岭溪水为何倒着流？难道就是它吸引流星雨的即将降临？偶然背后隐藏着必然，要研究星体还得研究地理，可谓是既要仰望星空，又要脚踏实地。

先前遇见老郭叔，他都说自己忙得很，下次陪我逛。他整个人像打了鸡血，冬瓜脸透红透亮，忙什么他又不说，令人丈二和尚摸不着头脑。村里老人讲，老郭叔是个能干人，在琢磨米钱的生意。细打听，老郭叔人生经历不寻常，十八岁就胆敢去兰州闯荡，先是替人打家具，后又倒腾水泥生意，苦吃过不少，钱也赚不少，过年返乡，要请戏班子在郭家祠堂唱三天三夜大戏，风光无限。那时，谁家要有不成器的孩子，父母骂完后补一句："有本事你也学郭叔出去闯。"

后来不知怎么的，折腾来折腾去，老郭叔又囊空如洗，年纪也大了，还落下胃疼的毛病，只得回村安身立命。郭婶倒本本分分，把三个儿子养得牛样壮实。现如今两个大的在新疆做木工，娶了当地媳妇，一年到头也不回来。小儿子在城里当快递员，离得近。

这回见老郭叔冬瓜脸黑了，也长了，眼圈泛黑，人倒挺精神，见着我"莫专家莫专家"喊得热乎，定要拉我去他家坐坐。他家三间石头屋靠溪边，沙朴树枝权伸到屋檐，院子拾掇得干干净净，摆着四五张桌椅，带着新竹的清香。沿溪边，钉了一排竹栅栏，溪水在底下欢快地流淌。老郭叔有些得意地说："怎么样？都是自己打的，老手艺，不花一分钱，山上毛竹多的是。"我连连点头说："挺好，挺好。"老郭叔说："游客来了，可以在这儿吃吃饭，喝喝茶，后山的高山云雾茶味道纯着呢。"我打心眼里佩服老郭叔是做生意的料。他说完转身进屋，抱了块挺沉的黑木板出来，往桌上一放说："莫专家，请你赐墨宝，帮我写块牌子，就叫'顶一农家乐'。"我连连摆手说使不得，自己拿毛笔练字还在读小学那会儿，现在多用电脑，拿笔手写都很少。老郭叔说："只要是读书人写的我都中意。"看拗不过，我只好献丑。老郭叔开心地说："成了。"随后，把我往二楼引，以为带我继续参观呢，不料他说："莫专家，你不要老住帐篷，山里夜凉得很，我儿子房间空着也空着，你就住家里，也有口热汤热水。"我颇有些意外，觉着不合适，推辞着。老郭叔说："放心，不让你白吃白喝。"后来，我才明白这白吃饭是难吃的饭。

俗称"六月六，小狗要游泳"。这一天，顶一农家乐开张了。老郭叔自己掌勺，郭婶端盘子，餐桌上的溪坑鱼、笋干、萝卜、青菜，全绿色无公害食品，游客有了歇脚吃饭的地方，吃得乐呵呵的，辛苦跑来不就冲着山好水好空气好吗！一到周末，院子里的桌子能排满，饭点未到，大人坐在溪边喝茶、聊大、拍照片，孩子在石汀步上打水仗嬉闹，岭溪水映照出一张张笑脸，村子比原先热闹多了。我因熬夜写东西到了中午还赖在床上，老郭叔上楼把我拽起来，我脸都没洗就蓬头垢面地立在众人面前，大伙看我的眼神像看只猩猩。老郭叔对着他们说："这位是天文学家，大名莫天行。"我挠挠头发稀疏的脑门，有些不好意思，游客稀稀拉拉地鼓掌。老郭叔接着说，"就是莫专家发明了，不，发现了最好看的流星雨。喏，就挂在沙朴树上。"众人随着老郭叔手势看，很是配合，似乎流星真的挂在上面。我听了吓一跳，赶忙朝老郭叔做手势制止。他当没看见，继续把我捧得高高的，"下面有请莫专家给大家说道说道。"大家鼓掌，我尴尬地笑笑，觉得嗓子干涩，发出的声音都不是自己的。

"星星盘旋在岭脚村上空，低得都快触到沙朴树梢。是流星雨！星星有的如秤砣，有的如磐石，颗颗像蓝宝石一样，发着幽光。"我有意说得慢，想着怎样把"这是一个梦"加上，免得大家误以为流星雨真来过了。瞥见靠栅栏边的老郭叔眼神寒刀般刺向我，喉咙管顿时直了，想说的话连同唾沫生生咽了回去，然后在众人雷鸣般的掌声中逃走了。

为这事，我郁闷了好些天，觉着还得找老郭叔谈谈。今夜月亮很清爽，把四周山头轮廓都勾勒得清清楚楚。老郭叔独自坐在院子里吸烟。

"莫专家，你说流星雨真会来？"

"老郭叔，你不是说它主凶，怕吗？"我打趣说。

"老皇历翻它干吗？老祖宗说过的话也有不灵验的。"

我想，老郭叔是真盼着流星雨呢。但有就是有，没有就是没有，得实事求是。我换了种语气，向老郭叔讲起天文研究的科学性、严谨性，并着重强调了真实性。

老郭叔听得有些不耐烦，把烟一灭说："早来晚来，还不一样要来。"

"来了才可以说来了，没来就不能说来。"我态度很坚定。

"平头百姓哪管这么多，什么来钱就做什么。"

我一急，说："那也不能睁眼说瞎话，这关乎一个人的品德。"

老郭叔立起身，影子拖得老长，说："让你整日饿肚皮，看你还讲什么品德，书呆子！"我一时语塞。继而，他靠近我补一句，"我过的桥比你走的路还要多，年轻人要学着点看眼相法。"我更加愕然。

老郭叔记性好，听我讲过一两回流星雨，就能说得跟亲身经历一样，来农家乐吃饭的游客听后，一脸的羡慕。我权当故事听，只要不出事故，毕竟住人家吃人家的，嘴巴得管管牢。过了几天，老郭叔还把小儿子郭升叫回来帮忙。郭升比我小一两岁，也是个快乐的单身汉。村里本来就没多少年轻人，我俩很快成了无话不谈的伙伴。我将最新观测数据和分析材料一一整理好，斗胆寄给省天文观测站专家。过了半个来月，他们回信勉励我继续探索实践。我知道，在天文专家眼里，流星是天体运动中极常见的现象，能回信，对我已是莫大的鼓励。岭脚村变热闹了，镇里也重视起来，专门安排人把村民屋前屋后的柴草堆清理干净，种花的种花，种草的种草，还就地取材收集些破罐子画上画摆在溪边。镇里人还说，等条件成熟，把岭脚村通往外界最后一公里山路拓宽硬化，真正把乡村旅游搞起来，让村民腰包鼓起来。我与老郭叔一样，都盼望着这一天呢。

自来水公司忙着迎检，隔了一个多月我才得空回到岭脚村。打老远就见高坡上立着几座花花绿绿的蒙古包，"陪你去看流星雨……你要相信我的爱，只肯为你勇敢……"歌声绵绵在村子上空飘荡。走近，见垃圾袋、纸巾扔得到处都是。我的望远镜被挪到一个更高点，旁边竖块牌子，写着：看星星，一次二十元。望远镜竟然派上大用场了。溪边更热闹，阿公现场编竹箩筐，现做现卖，阿婆卖番薯、萝卜干，小媳妇卖草帽、玩具，孩子围着摊位跑。还有个留长头发、穿白大褂的中年游医，手里提溜一撮干巴巴的枯草根，扯着嗓子吆喝："家传秘方，滋阴壮阳，有百日回春之功效，老佛爷都试过。"除了穿着花哨的游客，村里多了几个陌生面孔。熟悉的老人跟我打招呼："莫专家好久没来了。"我点点头，再不来，我的宝贝家伙都不知道姓甚名谁了。

刚下过一场急雨，溪水翻滚着，漫过石汀步，我只能绕道走，遇见郭升，见他手里举着牌子也在吆喝："顶一招牌菜，红烧溪坑鱼，味道正宗，要尝鲜的快来。"他跟我屁股后进了院门，正当饭口，桌子空着。我觉着奇怪，说："一个月前那会儿生意不是挺好的吗？"郭升朝高坡上的蒙古包努努嘴说："都自带粮草钻蒙古包里'娱乐'去了。"我问什么娱乐，郭升神秘地一笑说："搓麻将呀，还有什么娱乐。"

我说："就没人管管？"

郭升说："天高皇帝远，谁也管不着。"

"谁想得这一出？"

"还有谁，王老二呗。"

"王老二是谁？"

"外王王至傅的二儿子，出了名的'地头赖'，靠开赌场发家，前阵子风声紧，一直流浪在外，听说村里人气旺，回来发横财来了。"

我进屋见老郭叔坐在灶后矮凳上，冬瓜脸拉得老长，猛抽着烟，灶前云雾腾腾。我叫了一声老郭叔，他头也没抬，自顾自地说："这猢狲够胆，真够胆！"郭升靠着门边说："来钱快啊，包房费一小时就好几百元呢，我们起早落晚，辛辛苦苦赚的也只有他零头。"见郭叔不吭声，郭升接着说，"人家有胆开，我们也有胆开，隔壁有样不用上账。"老郭叔抬头白了他一眼说："这种拆家离散的生意，我做不来。"郭升说："老百姓管这么多啊，什么来钱做什么。"我听这话怎么这么耳熟。

当晚，我与郭升挤一屋说着话。郭升不停地絮叨："我这老爸，在外面白闯了，脑瓜还是不开窍，有钱你才是这个。"他竖竖大拇指。我说："君子爱财，取之有道，违法的事不能做。"无论他怎么说，我还是选择相信老郭叔是有底线的人，就好像我坚信流星雨会来临一样。郭升更加不屑地说："不怕家丑外扬，我跟你说，我老爸那点钱就是被一个女人哄光的，还好意思说个做拆家离散的事。"我问怎么回事。郭升说："他都以为我们不知道，是老妈会隐忍，不说而已。在外头长年不回家，早就有了相好的，听跟他做活的同村人说，那女的是做股票的，把他攒的钱都吸进去了。口袋两层布，走路身子软苒苒，有钱才有气场。"说这话时，郭升两眼直愣愣盯着我的脸，好像我脸上会冒金子，手舞足蹈在床上滚来滚去，狂犬病发作似的，嘴里直嚷嚷"有了，有了"。问他有什么了，又不说。

我白天这里量量那里测测，几乎把岭脚村周边跑得八九不离十。要不就钻在房间里啃资料，三餐还是郭升端上来的，不送来，我也不觉着饿。有一点我倒拎得清，老郭叔生意不好，自己不能再白吃白住，得贴些饭钱。郭升爽快同意了，老郭叔死活不肯收，说："有得吃，不差你这一口；没得吃，也不差你这一口。"听后，我眼眶一热，感到有种家般的温暖。

郭升戴顶破草帽，把屋后久弃不用的猪舍清理干净，一层一层往墙上抹白漆。我取笑他："不会是整成钟点房吧？"郭升说："哪能，人又不是猪，只会发情。"不知他从哪里弄来些流星雨照片，一张一张裱好后挂在墙上。其中有两张背景竟然是溪边高大的沙朴树，星河灿烂，流星拖曳着闪亮的长尾巴划过，逼真得很。旧猪舍摇身一变成了天文馆。郭升颇得意地对我说："怎么样，和你梦见的是不是一模一样？"我连连点头。郭升说："别人开蒙古包，我开'星星屋'，让你这个大专家普及天文知识，这总可以吧。"我点头又摇头。郭升又说："你当解说员，我付费，不白讲，现在家长多重视孩子素质教育啊。"郭升还骑摩托车去镇上买来彩灯，让我帮着把彩灯缠在沙朴树上，缠得密密匝匝。通上电后，彩灯一闪一闪亮晶晶，树上挂满小星星，倒映在水中，溪里也落满了小星星，整个岭脚村亮堂许多。郭升天生一副薄嘴皮，能说会道，农家乐稍许有些起色。他会不失时机地把我这块金字招牌亮一亮，向客人介绍说："这位就是岭脚村流星雨的见证者。"我不置可否地微笑着点头。游客热情高涨，拉着我一起在流星雨照片前合影。对着镜头，我笑得越来越自然，越来越灿烂。我渐渐相信眼前这一切是真的。还是老郭叔说得对，流星雨早来晚来，还不是时间问题嘛。

一日晌午，村口出现两个年轻人，身上马甲都是口袋，走路甩着膀子，气场很大，好像无数追随者跟着。其中一个扛着小型摄像机，进村后东拍西拍，还饶有兴致地钻进星星屋，把挂墙上的流星雨照片张张拍得仔细。郭升积极向他们兜售起流星雨奇观，不忘连带推荐自家农家乐，指望着他们给宣传宣传。郭升让老郭叔烧了拿手菜，搬出家酿白酒"番薯烧"，让我一起陪着客人喝几盅。两个年轻人也不推辞，坐下便吃，且满嘴冒泡："我们平台可有上亿粉丝。你们这儿环境好，叔做的菜也好吃，做个小视频，保准火。"郭升在一旁连连点头，插话的机会都没有。年轻人继续吹，"我们给你一宣传，保准你家店得排老长的队，从村口排到村尾，排到溪对岸去。"老郭叔两眼放光，凑近了听。郭升问："要钱吗？"扛摄像机的大笑，佔摸郭升问的话太低级了。嘴一抹说："不要钱，我们跑大老远干吗来了？不过，别人每分钟一万元，给你就八千吧。"老郭叔把身子缩回来。郭升摇着头说："我们店小，一月赚不到两三千块钱呢。"对方交换一下眼色，说："那看在你们热情招待的份上，就两千元吧，这是最优惠的价了。"郭升看样子有些心动，老郭叔在一旁说："算了，生意不好做，都是辛苦钱。"说完，拍拍屁股进屋。年轻人一看要谈崩，赶忙上前拉住老郭叔胳膊说："叔，好商量好商量，你说多少？"老郭叔甩下一句"二十元还差不多"，就把人晾在那儿了。年轻人嘟哝道："打发要饭的呢。"提起摄像机走人。郭升赔着笑脸说："老人老观念，跟不上时代。"年轻人一脸不屑地说："你也做不了主啊。"

　　隔了四五天，一则以"'P'出来的天文奇观"为题的新闻在网上传得沸沸扬扬。内容大致是岭某村为了博眼球，将流星雨与沙朴树照片"P"在一起，制造假天文奇观欺骗受众。视频里还采访了几位游客，大伙在镜头面前摇头说没见过流星雨。这下可炸开了锅，来过的没来过的网民纷纷留言，作痛哭、痛骂、痛恨状的比比皆是。甚至还曝出，在村里一农家乐吃过溪坑鱼后，肠炎发作，挂了三天吊针，扬言索要医药费。看来真的假不了，假的也真不了。我觉着有人将自己想说不能明说的事给说了出来，心里不堵了些，但又想，会不会有人找老郭叔麻烦？会不会再有游客光顾岭脚村？这份闲心还没操好呢，倒霉事跟着来了——不知什么妖风吹到我单位领导耳朵里，他把我叫去不分青红皂白地好好训斥了一顿："竟然胆大妄为，弄虚作假，做出有损单位形象的事来！"同事知道我捅娄子了，纷纷指责我想出名都想疯了，出这么一损招。连公司保洁阿姨都在背后指指点点，真是众口铄金，令人有口难辩。他们可以怀疑我的能力，但不能怀疑我的人品，一气之下，我索性辞职不干了，把出租屋一退，家当都搬到岭脚村，铁了心要研究出点东西给他们瞧瞧。

今晚头顶黑压压一片，没有一丝风，有些闷热。沙朴树上，彩灯还在一闪一闪亮晶晶。曝光事一出，蒙古包也关了门，倒不是没生意，是王老二推说要装修暂停营业。村民心里明镜似的，说还是王老二识时务，知道什么时候该收，什么时候该放。老郭叔坐桌旁，一支接一支抽闷烟。

"多久没见着星星了，怪冷清的。"我想安慰他。其实，更需要安慰的还是我自己。

"你说这星星要能摘下来捧手里，冷的还是热的？"郭婶说。

"我看是冷的，冰一样。为啥说嫦娥住在寒宫里。"老郭叔说。

"保不准是热的呢。"我说。

"是福不是祸，是祸躲不过，早来晚来都得来。"老郭叔叹口气。

"要不把新疆俩小子叫回来吧。"郭婶说。

"顶屁用！"老郭叔说。

这些天，很奇怪一直没见着郭升。我问老郭叔他去哪里了，老郭叔说这兔崽子没屁股坐不住，不知道死哪里去了。后来我才知道，郭升和蒙古包的前台女收银员对上眼了，开着摩托车载着那女的，偷偷进城潇洒走一回。真是重色轻友的家伙！回来后，郭升美滋滋地说："女孩是个川妹子，身材与脾气一样火辣。"之前有好几回，他站在溪边看她在埠头洗衣服，川妹子白皙的手在水里一荡一荡，他的心也跟着一荡一荡。他还故意在石汀步上走过来走过去，甚至装出要跌入溪里的样子。可人家姑娘不上当，朝他浅浅一笑，甩甩湿漉漉的手走了，顺便把他的魂也勾走了。

溪水不紧不慢地向西流淌，岭脚村的生活似乎又回到从前。老郭叔那晚从沙朴树上跌下来，造成脊椎错位，住院半月后回家静养。农家乐就郭升一人打点，来吃饭的也没几个人。他似乎也没多大心思去管，与川妹子暗地里嘀嘀咕咕，不知在捣鼓什么名堂，也不像以前那样，有事没事都会与我说。老郭叔身上打着绷带不能动弹，只能瞪眼干着急。郭婶坐在床沿边唉声叹气。她一心想着，要是那两个儿子能回来，一切就会好起来。

安静了一阵子，岭脚村又闹腾起来。十几个人来到村里，把家家屋前屋后又一次清理干净，先前种上的花草枯的枯，死的死，全拔了补种。六月太阳有点猛，花草经不起晒，全蔫了。耳朵长的村民说，村里要来贵人了，打算在这儿搞开发呢。我觉着挺新鲜，想见识是什么人这么任性，就不怕钱砸下去水都不漾一下？毕竟是地处偏僻的山沟沟。

　　转天，神秘客人现身了，是个身材魁梧的男人，小肚子比胸脯还往外凸起，穿着蓝色 T 恤衫，一条白裤子，裤带勒得太紧，肉香肠样一段一段鼓着，墨镜遮住半张脸。身后跟着一男一女，那女的个子高挑，穿着包屁股的短裙，踩十来厘米的细高跟鞋，每走一步，屁股就左右摆一下，惹得坐溪边的老人眼睛发直，村里一帮小屁孩儿跟在她后头蹦来蹦去。一旁忙不迭介绍的是镇里管旅游的郑副镇长，先前我与他打过交道，彼此认得。在溪边碰到，郑副镇长特意向客人介绍说："这位就是专门研究岭脚村天文现象的莫专家，他的研究成果已引起省专家的高度重视。"然后又向我介绍，"这位是贵州某酒厂的蓝总，他计划在我们岭脚村投资建疗养院。"

　　蓝总伸出手，我也赶忙伸出手。他的手掌很厚实，汗涔涔的。因为戴着墨镜，我看不到他的眼睛，眼睛是一个人的星星，里面藏着密码。郑副镇长示意我给客人讲讲有关流星雨的事儿。我张口就来："密密匝匝的星星盘旋在岭脚村上空，低得都快触到沙朴树梢。星星有的如秤砣，有的如磐石，颗颗……"没等我往下说呢，就见蓝总哈哈大笑，且笑得前俯后仰，大有无法遏制之势。我愣在那里，有些尴尬，不知道自己哪里说错了。

蓝总边笑边用手指着我说："想起来了，你就是那个——'P'照片的那个。"没想到自己在别人口里有这名头，我的脸腾地一下红了，很郑重地说："这确实是场梦，但我相信流星雨一定会来的。"心想，真的假不了，假的也真不了，没必要再隐瞒什么。郑副镇长示意我闭嘴，看我还想说，上前一步，揪住我衣领，把我拎小鸡般拎到一旁，转身赔笑脸说："蓝总，您误会了，误会了。"我见郑副镇长额头全是汗，觉着有点滑稽。蓝总笑得更开心了，把墨镜摘下来，擦擦眼泪说："能想出这样点子的人，是奇人！高人！"他这么一说，郑副镇长有点摸不着头脑，不知如何接话，笑容僵在脸上。蓝总继续说，"现在就要敢于出奇招，险招，做到无中生有，多唱唱空城计，这是商界很高的境界啊。"说完，再一次握紧我的手，说，"高人还得在民间，有胆量，有魄力，跟我们企业宗旨一脉相承啊。"听得出这是蓝总的肺腑之言，郑副镇长这才长长舒口气。我本来想再解释，这点子不是我出的，是郭升，又想没这个必要，便把话咽了回去。

过了些时日，老郭叔已经能够从床上起身，在郭婶的搀扶下坐在轮椅上。他急切盼着自己早点好起来。我一步一步数着跨过石汀步，阳光照着逆流的溪水闪闪发亮，像落满了星星，令人有些恍惚。流星雨真的来过？还是终究是场遥远的梦？有一点很清楚，从此，我真成了一个无家可归的人。

爬
墙
的
蜗
牛

一次健康体检，大姑查出淋巴癌，医生说不及时治疗的话，活不过三年。大姑夫前年因病去世。给他治病家底差不多掏空，表兄良华的婚事一拖再拖，直到今年开春才办，属奉子成婚，他妻子已有六个多月身孕。家里刚冒点喜气，再次蒙上阴影。

"治，一定要治！倾家荡产也要把美芬的病治好。"奶奶说。

奶奶今年八十九岁，育有三个子女，大姑美芬，二姑美莲，遗腹子就是我爸建刚，在他前头还有个哥哥，生下来不到一个月就死了。奶奶爱喝浓茶，多浓都不觉得苦，还说茶是滋补品，喝了浑身有力气，每天晚上七点准时收看《新闻联播》，播音员字正腔圆的调调是她的催眠曲，看着看着就睡着了。尽管孩子们年纪也一大把，她最小的儿子——我爸都过了六十二寿诞，可但凡家里遇到些事，还得听听奶奶的意见再行事。大姑除外，她是这个家族的另类，竭力要与我们撇清，连大姑夫患病她都不许良华露半点口风。等到人快不行了，奶奶才得知消息去医院探望。躺床上的大姑夫像张薄纸片，随时能被风吹走。女婿不是全儿也是半子，何况这个女婿是她费尽心思找来的。奶奶握住大姑夫布满针孔的手，把它贴在脸颊上，老泪纵横，泪水无法挽留即将远逝的生命。大姑低垂着眼帘冷冷站一旁，头发灰白，面色灰暗，两撇很深的弧线包裹起紧抿的嘴唇，好像悲伤流泪的人不是她亲娘，是个陌路人。

开家庭会议是奶奶惯用的治家良方。她独自住在乡下，房前屋后种上韭菜、大葱等时令蔬菜。我爸、我妈、二姑、二姑夫都来了，良华原本说要来，不知何故没来成。

"我出五万，看大姐治疗情况再追加吧。"我爸先开了口，我妈在一旁给他递眼色扯衣袖，他没理睬。

"我家吧，没小弟宽裕，先拿两万。"二姑是当家人，说话管用。二姑夫一脸憨厚地坐她身边，鸡啄米似的点头。他这辈子存在的最大价值就是给二姑说话做事添添秤头。

"大闺女倔得像头驴，就怕她不领情。"奶奶叹口气。

"再犟的人，哪能跟自己的命过不去。"我妈逮到搭腔机会。她是个识时务的人，知道什么该说，什么不该说。

"妈，你也别太担心，此一时彼一时，大姐会转过弯来的，你想啊，她也快当奶奶了，谁不想享受天伦之乐，她又不傻。"我爸劝奶奶。

"傻得嘞，命，都是命。"奶奶又叹气。

奶奶背有点驼，说话时整个人往前拱。她一般不坐太师椅，开家庭会议的时候才坐。会散了，良华这才急急赶来，我爸正在收拾屋子，我妈陪奶奶说着话。

"不用操心钱的事，大家一起想办法，让你妈安心接受治疗。"我爸对良华说。

"老舅，我妈说不治了，我刚才一直在劝来着，劝不动。"良华说。

"咋不治了？"奶奶和我爸几乎同时问。

"她说医生不是说过还能活个两三年吗，到时孙子也能带得满地跑了，可以放心走了。"良华说着哽咽起来，"老舅，那我不成又没爸又没妈的孩子了？"

看着这个快当爸的大男人哭，我爸拍拍他肩膀，眼圈也红了。奶奶跺跺脚骂道："这大闺女，死到临头还怄着气，要挖我心肝啊。"

没查出癌症之前，病灶潜伏着，不显山不露水，一旦行踪暴露，它就撕下伪装，摆出破釜沉舟的决战姿态，专挑人身上的薄弱环节进攻。大姑开始出现发热症状，热一阵冷一阵，热起来像在火上烤，冷起来像赤裸身子在冰天雪地里滚爬，冷热过后，浑身犹如利剑刺老鼠晴，周正的脸扭曲成丝瓜瓤，被单都咬出无数洞洞来。良华媳妇晓晴是医院护士。大姑实在难受，就对晓晴说："有没有止痛药？针也行，打一针就完事的那种。"晓晴一时半会儿没弄懂大姑说的是病完事，还是命完事，便含糊地说："这种药外面买不来的，得去医院才给开啊。妈，孩子生下来指望你搭把手，你得好起来啊。"她有心劝婆婆去医院接受治疗。大姑拉着儿媳妇的手说："我也想活啊，才把你爸送走，自己就摊上倒霉事，是妈没福气。"说着说着，娘俩都眼泪汪汪的。

晓晴跟良华商量："妈这样躺着也不是个事儿，淋巴癌不是绝症，早期发现还是有治愈希望的。"但良华知道大姑认定的事谁说也没用。晓晴说："让外婆来劝劝不？"良华直摇头："省省吧，只会火上浇油。"晓晴说："亲嫡嫡一家人，有什么疙瘩解不开的。"良华摇摇头说："我也说不清，上辈人的事情。"晓晴说："那只有请老舅出面了。"良华觉得这个主意行，就打电话给我爸。我家在闹市区开了家杂货铺，生意一直不错，我妈原是铺里的店员。姑娘时长得清清爽爽，小嘴吧唧吧唧能说会道，做事利落，顾客喜欢，我爸也喜欢。肥水不流外人田，我爸把她娶进了门，等于出一份工资招了个售货员兼老板娘，后来干脆工资也不用，全交由她打理，后来就有了我。我看过他俩的结婚照，我妈比原先整整胖了一圈，还任其自由发展，说胖有福相，不像晓晴怀着孩子还整日吵吵要节食保持身材。良华长我两岁，小时候俩孩子一块玩，邻居说良华不像爸不像妈像个过路客，反倒我的眉眼与大姑有几分相像。

大姑房间朝北，白天也要开灯，朝南大间给了良华夫妻当婚房。她半躺在床上，浑身汗涔涔，头发都湿的，水里捞上来一样，眼睛半开半闭。

"大姐，别自个耗着，多难受啊，还是去医院吧。"我爸说。

"能治我就治了，这是绝症，不是一般病，吃点药挂点针就能好。良华他爸不就这样，花了钱不说，还活受罪，最后落得人财两空。"

"现在医学这么发达，有些病治不了，有些病是能治的，你的病，医生说，只要好好配合，治愈希望很大。"

"医生都这么说，巴不得好好的人都往医院里送。"大姑把头扭向床里壁。

"我知道你的心思。"我爸说，"可不能总想着自个儿，得替良华想想。自家人晓得的，是你不愿意治，外人不晓得的，以为良华不尽孝道，会被吐唾沫的，脊梁骨立不直，叫他个大男人今后怎么在社会上立足？"

大姑不说话，隔了一会儿问我爸："老太太知道不？"大姑很少提奶奶，提了也不叫妈就叫老太太。我爸心头一紧，装作轻松的样子说："老了，经不起折腾，我们都瞒着她。"大姑冷笑一声说："知道了，也不会在意我是死是活的。"说完又把头扭一边去，不再理我爸。

我很早听奶奶说起过，爷爷是个木匠，手艺好，可惜走得早，给人造房子时栋梁倒下砸脑袋上，当场送了命。那个年代在农村，一个女人家拖着三个嗷嗷待哺的孩子，千条路万条路就剩改嫁独条路。一户殷实人家看中奶奶，说三个孩子他们养不起。奶奶心里明镜似的：不是养不起，是压根不想养。当时正处困难时期，能求个自保就不错了，哪有闲心替别人养孩子。不嫁，一家四口都得饿死；嫁了，或许有活下来的希望。再三思量后，奶奶跟人家好说歹说带上我爸，撇下大姑和二姑，因为我爸还在喝奶离不开娘。那一年大姑六岁，二姑也只有四岁。我爸说小时候每回去看姐姐都穿得圆鼓鼓的，衣服里层被奶奶缝制上口袋，口袋里装满小米面、高粱粉，走路一摇一晃，像只憨态可掬的小松鼠。

在家苦熬半个多月，大姑终于答应住院接受治疗。良华立马联系晓晴上班的医院，晓晴在凡事好有个照应。大姑夫当时也是在这家医院就医，奶奶知道后，悬着的心落了一半，总算能睡个踏实觉。

检查报告出来后，主治医生支开大姑，对良华和晓晴说："病人属于淋巴癌三期，再加持续高烧免疫系统遭受破坏，贸然采用化疗只会雪上加霜，先住院观察，等身体机能恢复些再制定下一步治疗方案。"良华还没听完就哭了，恳求医生："救救我妈，我爸刚走，她这辈子就没好好享过福。"医生说："家属的心情我能理解，除了常规的化疗还有种方法，就是骨髓移植。等相匹配的骨髓供应源需要时间，能不能等到，就看病人的造化了。"说了跟没说一样，良华问还有其他办法没有。医生说："有，直系亲属骨髓配对成功概率更高些。另外，骨髓移植费用不是小数目，得有准备。"良华说："只要有一线希望都试！"

大姑躺在病床上，每天有护士给她挂针量体温。她有时一整天不开口说话，单盯着窗外一小片澄明的天空，那里有时蓝，有时灰，有时黑压压一片。大姑在十楼肿瘤科，晓晴在五楼骨科，得空就过来陪陪大姑。

"晴，墙上有只大蜗牛呢。"大姑突然说。

晓晴看看雪白的墙，再看看婆婆说："妈，你眼睛花了吧，医院这么干净的地儿，哪来的蜗牛？"

"它在爬，一直在往上爬，长须一摆一摆地，我看得清清楚楚。"大姑又说。

晓晴放下手中的苹果，靠近墙，从上到下、从下到上看个仔细："妈，没有的没有的。我跟你说，这里是医院，不是田间地头。"

大姑翻身面朝里壁，不再理晓晴。晓晴跑去问主治医生怎么回事，主治医生说："癌细胞扩散后，容易压迫中枢神经，患者的确会出现胡言乱语的状况。有空陪她说说话聊聊天，转移注意力，治疗也不是一时半会的事儿，急不来。"

大姑躺着无聊，奶奶可是心急火燎。她再次召开家庭会议，这回可没先前那么干脆利落，奶奶对抽骨髓这事有自己的想法。她问晓晴："要从脊梁骨里抽啊？脊梁骨还能立得起来吗？人还能好好活吗？"晓晴说："外婆，没你想得那么可怕，只要是健康的成年人，都可以参与骨髓捐献，就跟抽血一样的，有点疼，对健康没有太大影响。"奶奶说："我知道了，就是抽血，抽了喝点茶补补身子就行，美芬有救了！"我爸说："这得看运气，不知道能不能等到。"奶奶又犯起愁来。晓晴说："亲人也可以，父母、兄弟姐妹、子女，骨髓匹配度高，手术成功的概率也高。"奶奶听后，眼睛从良华移到二姑、二姑夫、我妈，最后落到我爸身上。她缓缓地说："建刚就算了，他打小身子弱，抽了骨髓，脊梁骨立不起来，这辈子别想安生。"

"外婆，你误解了，这跟脊柱立不立直真没关系。"晓晴说。

"抽我的吧，就剩这把老骨头了，好让大闺女早点如愿。她一直想喝我血。"奶奶说。

"先从我身上抽，别说是血，割肉也行。我是妈养大的。"良华说。

"我是这家的男人，理应带个头。"我爸说。

大伙讨论的当口，二姑一直没搭话。她明显感到奶奶偏向性又开始冒头。二姑夫见二姑迟迟不开口，就说："抽我的吧，我身子骨壮得很。"

奶奶说："你八竿子打不着的人，除了建刚不能抽，我得替邱家留个后。"我妈听出了弦外之音，大姑二姑姓邱，他们的孩子不姓邱，家里就我一闺女，没儿子，她这年纪想生也困难了。

"妈说得有理，我家多出点钱吧。"我妈似乎已在心里权衡好了，相比钱，健康更重要。晓晴说："先验血吧，不一定配得上。"

二姑回到家，眉头皱得能插炷香。

"倒不是怕疼，骨髓这东西太金贵，就像人少口饭都不行，抽一滴少一滴的。"

"你也别多想了，不一定能配上。"二姑夫劝她说。

"就你站在高高山头说风凉话，万一配上呢，捐还是不捐？一大家子还不都是我在操劳，庆国也好，建国也好，包括他们的孩子，哪个不是我一手带大的？就你死老头有什么用？烧粥都能把锅烧脱底，我要是倒下了，看你们怎么办？"

"他大姨也可怜，日子过得不安宁，尽摊上倒霉事。"二姑夫说。

"最看不惯老太太一到关键时刻，偏心眼的毛病就犯了，对儿子一个样，对女儿又一个样。儿子是亲生的，女儿就不是她亲生的？"二姑说。

主治医生对大姑实施化疗，浑浊的药水沿着静脉进入体内，后果相当严重。癌症遇到从天而降的强敌，开始尽情撒泼，折腾得大姑狂吐，把吃下去的东西全吐了出来，头发大把大把地掉，没多久灰白头发落个精光。她连上厕所都不敢照镜子，要良华把镜子蒙上，怕看见怪物一样的自己。良华特意给她买了顶帽子戴上。大姑闹腾着要出院回家，良华安慰她说："别为钱的事担心，有办法，你安心治疗，病很快就能好了。"大姑立马紧张起来，问："有什么办法？不会是去借高利贷吧？"家里有阵子困难借过高利贷，大山一样压得人吸口气都累。良华说："傻呀，还借高利贷，现在可以网上众筹。"大姑不懂这个，良华跟她解释老半天，大姑还是不太懂，说："花人家的钱，以后怎么还？怎么报答人家？"

　　大姑预感到病也好，钱也好，没良华说得那么简单。他是在她面前装轻松，轻描淡写，只能说明问题更严重。她就是用这法子对付大姑夫的，结果他到死只知道自己患的是肺炎，想不明白自己从不吸烟怎么会得的。他可是忘了，年轻那会儿整日钻在岩板仓底打石板，石灰粉雾呛鼻子、辣眼睛，一起干活的人到他这年纪就没剩几个。大姑病情很不稳定，似乎又出现幻觉，说病房的墙上、顶上有蜗牛在爬，白天爬，晚上也爬，还朝她吐泡泡，看着闹心。她像个孩子闹着要出院，主治医生不同意，随意中断治疗病情容易出现反复，良华与晓晴也不同意，好不容易劝她来住院。自己的身体自己清楚。其实，大姑心里敞亮得很，不想看大伙用一个谎去圆另一个谎，还以为她真蒙在鼓里，只求尽快结束徒劳无益的煎熬，最好来点安眠药就完事。最后主治医生同意这一疗程结束，先回家休养一阵子。骨髓配对医院会抓紧收集资源库，家属方也早做安排，双轨并行。

奶奶带着一大家子人去验血。结果出来，就奶奶与大姑匹配上了。奶奶长舒口气，二姑也长舒口气，我爸急得嘴唇冒水泡。

"总不能让这么大年纪的老人去捐骨髓，我是家里的大男人。"

"听老太太的话，她不放心你，就由着她吧。"我妈劝我爸。

"自己的亲姐姐，我不去验不去捐，别人会戳脊梁骨，今后怎么做人？"

"又不是你不愿意，是老太太死活不同意，一大家子事，不都她做主吗？谁也不敢违抗。"

"这回由不得她了。"我爸态度很坚定，我妈见劝也没用就闭上嘴。

我爸瞒着奶奶去医院验过血，也匹配上了。这回轮到他长舒口气，反正抽骨髓又不用住院，抽后休息一会儿就可以回家，奶奶不会起疑心。

奶奶倒好，天天三大杯浓茶，早中晚各一杯，说给自己补补身子，晚上没等《新闻联播》看完就上床睡觉，早晨还在院子里活络活络筋骨，做好抽骨髓前的准备。她说自己年轻时的身板壮实得像头牛，要不是当家人死得早，哪会只有三个孩子？新爷爷也是看中她旺夫旺子相，结果没留下一儿半女，是他自己没生育能力。奶奶的老妹嫁给邻村男人，一共生了十二个孩子，死了四个活下来八个。有时我听她唠叨陈年旧事，觉着那年代的女人生孩子怎么跟猪下仔似的，一年一个，几年就成一窝，还觉着孩子越多脸上越有光彩。这一回奶奶似乎脸上也有了不一样的光彩。她对我说，人活世上，有些孽障就逃不掉，迟早要还的；还了，她就可以安心躺棺材里了。

大姑终于躺回自家床上，她觉得哪里都不如家里舒坦。她是舒坦了，可把良华和晓晴忙坏了。这段时间晓晴又要上班又要照料婆婆，身子吃不消，有少量出血，是先兆性流产的症状！良华吓坏了，无论如何，都不让媳妇下床活动。他向单位请了假，在家专心照顾大姑和媳妇，买菜、洗衣、做饭。平日里你忙你的我忙我的，一家人难得吃个囫囵饭。大姑吃着儿子半生半熟、有咸有淡的饭菜，泪流了下来。晓晴以为婆婆想不开，说："现在医术好着呢，再不行咱们骨髓移植，好多病人就是这样治好的。"大姑知道儿媳一片孝心，说："各归各的路，各有各的福，强求不来的。你把自己身子照顾好，把孩子顺顺当当生下来，我看上一眼，就知足了。"

大姑说自己的命就是这么拧巴。奶奶嫁过去第十一个年头，新爷爷腿一蹬走了，没留一子半嗣，奶奶又成了寡妇，新家倒是在奶奶的操持下越发殷实。头七刚过，奶奶就把大姑二姑接回身边，一家人经历万难总算团聚了，那时我爸已经在村上读小学。这些年奶奶也是费尽心思，没让闺女忍饥挨饿。有一回我爸去看姐姐，被新爷爷拦住："建刚，平时没见你这么壮实，怎么一下子就长壮实了？"我爸知道身上藏着秘密，就疯跑起来。新爷爷把他截住搜了身，结果奶奶和我爸娘俩被关在柴房饿了三天三夜。

回到奶奶身边，大姑已出落成水灵灵的大姑娘了，模样与奶奶很像，肤白，周正，可脾性像山上的芒箕浑身带刺，逮到谁扎谁。奶奶小媳妇见婆婆似的，掏心掏肺对她好，可大姑全部乐趣就是看奶奶奈何她不得，把看不见摸不着的东西当饭，含在嘴里细细嚼，还嚼出滋味来，弄得全家人欠她债似的。奶奶替她相中一户人家，有田有地人也聪明能干，她死活不肯，瞧都不瞧人家一眼。凡是奶奶觉着好，她都觉着不好，奶奶乐了她恼，奶奶恼了她才乐。我爸说，大姑和二姑把细柴棍裹上层厚毛巾，趁奶奶不在家，他的小屁股小腿就是她们练力气的好地方，用这玩意打不留任何伤痕。我爸向奶奶哭诉，奶奶还不相信。我爸唯一自救方式就是逃跑，他猴子样的敏捷就是这样练就的。

大姑挖掘出又一乐趣，媒人前脚进院子，她就跑去厨房把头发披散开，把泔水倒头上，当媒人的面手舞足蹈，胡言乱语，把媒人唬住了。媒人的嘴就是移动的扩音喇叭，出去这么一传，原先奶奶家门槛踏破，后来就少了，到后来再没一个人登门提亲，可把奶奶急坏了，那时候农村姑娘二十来岁就儿女成群，大姑这样算是黄花菜都凉了。

主治医生看了亲属骨髓配对结果后，无奈地摇摇头。首先排除奶奶，不说别的，这么大年纪动个小手术都是过鬼门关。其次排除我爸，他是过敏性体质，再加年龄也不合适，骨髓质量难以保证，即便手术，排异风险会很高。如此一来，等于一切回到原点，医生坚持再耐心等等，看看有没有合适的骨髓供应源。我爸却很坚持，说："抽吧，不就是几瓶血吗，补补就能回来，不试试怎么知道不行。"主治医生说："医生是医生，不是医死，我不能看着站起一个，又倒下一个。"

大姑不知怎的，知道我爸要捐骨髓给她，死活不同意。她知道这病来势凶，自己撑不了多久。她说得很明白，想得更明白——都是别人欠她的，临到死她不愿欠别人一回。当初奶奶接她和二姑回家，她就看出当妈的急于想弥补亏欠的母爱，巢穴破得不能遮风挡雨，小鸟能过得安稳吗？四千多个日日夜夜，哪天不过得提心吊胆？她就是不让老太太得逞，让她心肝上一辈子挂着，一辈子欠着，直到死。她以作践自己为乐，对抗着任何对她的好。

奶奶知道捐不了骨髓，茶也不喝饭也不吃。她原以为老骨头还有点用，现在坐实是没用了，真的没用了，血都没有用还剩什么可用，就剩一个又皱又臭的空壳，成了儿女的累赘。看来大闺女就是苦命人，谁也救不了她，只有她自己救自己。看着奶奶耸肩缩背的样子，我爸很心疼。奶奶永远都是他最真实的依赖，最可靠的庇护，在奶奶跟前，多老都是孩子，多难都不会抛下他，像母鹰把他紧护在胸前。每当她枯藤样的手指像小时候那样拂过他的发丝，他都有种想哭的冲动，这样的抚摸多一次也便少一次。他执意要给大姑捐骨髓的事还瞒着奶奶。奶奶要是知道了，会越发觉着她自己毫无用处，连最疼爱的小儿都护不了，把她的话当耳旁风，把她的呵护当驴肝肺。

晓晴顺利产下一个七斤重男娃，比预产期提前一个多月，母子平安，全家人乐坏了，生活似乎又充满希望。仿佛是沾了这股喜气，大姑精气神回来了，像个没事儿人一样，每天下厨给儿媳煲鲫鱼汤、排骨汤。良华进进出出哼着小曲，家里一会儿是孩子的啼哭声，一会儿是人人的笑声。大姑抱着孙子一刻不撒手，看了又看，亲了又亲，真是看不够也亲不够，晚上还带在身边睡，除了喂奶交给晓晴一会儿。她是想不到自己还能睁眼看到孙子出生，更想把闭眼后的日子提前过，替大姑夫、替自己多享享天伦之乐，以后两老会了面，不得有很多关于孙子的话题可以说？关于他的笑、他的哭，他撒的尿、拉的屎，关于他的一切。

奶奶知道后也乐坏了，急着要去看重外孙，还把压箱底的一把铜剑取出来，说是给孩子当见面礼。这把剑是老邱家的传家宝，奶奶说是她婆婆亲手交给她的，我爸她都没舍得给。大姑给孙子取名小月，他出生的时候正好是月初。大姑说男娃取个女名好养，这是老辈传下来的习俗。晓晴性格脾气好，全由着婆婆，只要她开心，家里难得有这样盈盈喜气。

小月满月了，要办满月酒，在请谁不请谁的问题上，良华与大姑产生了分歧。大姑正在给小月换尿不湿，良华把请客单子递到她面前，她打量了一下点点头。良华舒了口气，之前他与我爸商量过，请还是不请奶奶。她老人家早盼着见重外孙，请了又怕大姑有想法。

大姑叫住了良华，仔细看单子，看到了隐在一串名字后面的奶奶，说老太太除外吧。

良华说："不行啊，外婆早就盼着这一天，让她老人家开心开心。"

大姑说："她开心，我就不开心了。"

良华说："平日都是你当家，现在我当爸了，我也当家做回主。"

大姑默默转过身，把冷冷的背影甩给他。欠别人不如欠自家人。良华知道没有奶奶，大姑住院的钱都不知从哪里出。他给奶奶看过儿子满月照，孩子胖嘟嘟的像只皮球，奶奶喜上眉梢，连连说："像大闺女，像大闺女。"她一定要亲手抱抱，送上见面礼。

酒席定在一家小饭店，店主很细心，给包厢挂上红气球扎上彩带。大姑抱着小月，和良华、晓晴先到，我爸载着奶奶、二姑、二姑夫、我妈后到。大姑穿件红色中式旗袍，脸上涂了点胭脂，看着年轻许多，一改病恹恹的模样。奶奶见着小月伸手要抱，大姑躲闪了一下，奶奶讪讪缩回手。等奶奶落了座，大姑隔着两个座位坐下，良华和晓晴分别给长辈斟上酒，小两口苦尽甘来，脸上泛起红光。

"首先祝外婆健康长寿，四世同堂，人间至福。"

大伙都举起了手中杯，奶奶也颤巍巍举起杯。大姑抱着小月，老爸示意大姑也举杯，可此时小月哭了，大姑忙着去哄他。

良华一饮而尽，又倒满举杯，说："今天是小月的满月酒，感谢老舅，感谢二姨，话不多说，一切尽在不言中，我干了这一杯。"良华说着声音哽咽起来，这回是喜极而泣，我爸拍拍他肩膀。

良华举杯恭恭敬敬对大姑说："祝老妈健康快乐，长命百岁。"

一直没有言语的人姑说："算了吧，用不着这么长命，自己闹心，别人看着也闹心。"说这话时，眼神特意往奶奶那儿瞟一眼。奶奶正夹块红烧肉准备往嘴里塞，手一抖，肉掉桌上。我妈赶忙给她夹了一块。我爸在桌底下踢大姑一脚，大姑没反应，二姑夸小月长得真可爱。奶奶脸色变了，她把筷子往桌子上一摞说："做女人的，哪会在意自己命长命短，好歹得为老邱家留点骨血。"

"女人也分狠与不狠的，我的骨血，不是老邱家骨血？"大姑顶回一句。

奶奶像是被肉噎住，脸涨得通红。

"大姐，今天小月满月酒，不要扯太远了。"见奶奶和大姑剑拔弩张的样子，我爸连忙制止。

"不是我想扯远，是她不放过我。"大姑嚷嚷开，把怀里的小月吓得哇哇大哭。

"不放过你？你的事我早就不想管不想问了，我倒问问你，住院的钱哪儿来的？真以为世上有这么多活菩萨？不知好歹。"奶奶也嚷嚷开。

大姑一听这话，拿眼瞪良华，良华低下了头。

酒席不欢而散，回到家，大姑躺在床上生闷气，她担心的事还是发生了。

　　回家途中，二姑夫问二姑，大姑与奶奶到底为个啥？难得见着面，一个冷得像冰，一个热得似火，水火不相容。"你也一起被撇下，怎没见你那么恨的，恨跟长牙齿上一样，随话一个字一个字蹦出来，扎人心窝子呢？"二姑夫平时少言寡语，说起话有条有理。二姑说："一切都是有因缘的，大姐在良华之前还有个孩子！""这个孩子现在在哪里？"二姑夫很是好奇，从来就没有人提起过，更没有人见过。二姑说："是大姐当姑娘时候怀的，孩子爸一直不知道是谁，任凭老太太怎么打怎么骂，大姐就是不说。想想看，一个女孩子没出嫁就有孩子，在村里要是被人知道，会被指着脊梁骨骂死的。老太太气得吐血要上吊，她还在那里乐，还说要把孩子生下来，让孩子跟着她姓邱。""孩子生下来了吗？""哪有那么容易？！老太太买了堕胎药偷偷拌在饭里，大姐吃下去后流了很多血，流了一摊，看着都晕，那孩子命硬得很，没有掉，在大姐肚子里长着。""后来怎么样了？""一生下来就被老太太送走，我亲眼看见的，一个穿黑衣服的人在院墙外蹲着，接过篮子走了，篮子里装着娃，哇哇哭出几声。老太太对大姐说是个死胎，让人送去乱坟岗埋了。那孩子如果还活着，比我们庆国、建国都大。大姐也怀疑孩子送人了，老太太口紧不说。大姐疯闹一阵子，后来不闹了，没有力气闹，像变了个人，全由着老太太替她张罗这张罗那。看得出来，母女情分算是尽了，到头了。"二姑夫听了也很唏嘘，说："孩子要真是活着，说不定他的骨髓能配上，大姐就有救了。"

癌症在对抗中捕捉到春天的气息，重新欢呼雀跃起来，疼痛回到大姑身上。她面色苍白虚汗淋淋，身子站都站不稳，更别说抱小月了。晓晴带着孩子回娘家住一阵子，让父母帮着照看，家里就留良华与大姑，更多时候，就大姑一个人。她已学会了自己扎钉，痛得厉害就往身上扎一针。黄昏，良华进屋叫妈，叫了三声都没有回应，见大姑整个人歪斜在床边，一只脚还拖着拖鞋，玻璃杯子摔碎在地上，看样子想去倒水喝。良华赶紧打120，和我爸一起把昏迷不醒的大姑送进医院。

最终我爸还是排除万难捐了骨髓，当然，这事瞒着大姑也瞒着奶奶，就说医院已找着匹配的骨髓供应源。手术很顺利，大姑醒来说的第一句话就是"看不见好心人，只能心里存着谢"。很快，强烈的排斥反应出现，整个人都不是她的了，胃也不是她的胃，皮肤上出现红色小斑点。癌症看到了胜利的曙光，更加肆无忌惮地折磨起人。大姑很快消瘦下去，和大姑夫临终前一模一样，成一张薄纸片，随时都可以飘走，飘到很远的地方。良华哭成泪人，我爸劝都劝不住。在大姑面前，他装着若无其事，把悲痛与不舍隐藏起来。晓晴带小月来过一次医院，大姑努力把眼睛睁开，一动不动看着小月，好像要把孩子的样貌刻在骨子里带走。她试图伸手去抓他的小手，隔太远抓不着，叹口气，无力地垂下。

我爸陪奶奶去医院探视，就隔着玻璃窗看，没有进病房，大姑正迷迷糊糊地睡着。奶奶倚着门，冲大姑笑一笑，凝固住，最后结成泪，一滴一滴无声地滑过脸颊。当年，她终于把大姑嫁出去，也这样倚门站着，看吹吹打打的迎亲队伍走远，完成了一件大事想舒口气，却是长长吁气。家里有个不省心不省事的人，每个人神经都绷得紧，想办法应对，日子吵闹，琐碎，真实；这个人走了，屋子空了，心也空了。奶奶在心里说，大闺女，你以为你孩子还活着，但其实没几个月就得疟疾死了，这都是命。

今年冬天特别冷，人们早早穿上了棉袄棉裤。大姑醒来，人特别精神，让良华把家里带来的一件红棉袄帮她穿上。良华说："医院都有空调，不会冷的，用不着穿。"大姑执意要穿，良华只好照办。大姑穿上红棉袄，脸被红棉袄衬着，有了淡淡的红晕。她问良华："今天是几月几日？"良华看看手机说："今天是农历十二月初七，再过些时日就过年了。"

"我可不想在医院里过年，多冷清啊。"大姑说。

"那我们回家过年。"良华说。

"人死了，会不会变成蜗牛？"大姑问。

"怎么会呢，整日背着壳，累不累啊？"良华奇怪大姑怎么想起这个。

"记着，欠你舅你姨的钱一定要替我还上，欠亲戚的也是欠。"大姑再三叮嘱。

良华点点头。

当晚，大姑挣扎着把插在身上的管子一一拔掉。她的脸与雪一样白，她是含笑走的，看得出很满足的样子。护士在整理床位的时候，发现一只蜗牛在床底下趴着，估计它昼伏夜出，喜欢在夜深人静时出来溜达，谁也没发现。

两个月后，奶奶也走了，生活恢复了原来的样子，可原来是什么样子的呢？

清明节，良华、晓晴去扫墓，走在半道上，晓晴看着良华。良华见她眼神里有东西，问："怎么啦？"晓晴说："有个事一直想说一直没说。"良华说："说吧，我们之间还有什么不能说的？"晓晴说："我知道爸的血型，知道妈的血型，也知道你的血型，你跟他们不匹配。"良华愣了一下，说："我打哪里来？"

缓慢生长

清晨六点，小区全面解封，楼道传来纷沓的脚步声，虹耐心等待夜的降临。

生活节奏如同生锈的钟摆，散漫而且紊乱，吃喝拉撒睡之外就剩等待，时光被无限延长。虹恨不得就跨过眼下这一截，看看往后再往后会是什么样子。大多时候，她无所事事也无处可去。

夜晚，街道出奇的空荡，与想象中大相径庭，天气预报今晚有雨夹雪，满地银杏枯叶被寒风裹挟着，旋转逗留直至消失。戴着黑色蝴蝶状口罩，虹慵懒地靠在路灯灯柱上，偶尔绕着转几圈，再变换左右腿交叠。这里原本是城中村，城市快速扩张让空间愈加逼仄，一番涂脂抹粉后仍带着糙。T字形街口不出百米是市立二甲医院，大楼通体透亮，临街一排居民楼，家家安装防盗窗，还算齐整，楼下门店卖服饰、杂货、天南海北小吃，街角闪着暗紫灯光的是家美容院，飘着纱的玻璃门半开半合。

栗，又香又甜的糖炒栗——吆喝声在夜的清冷里有些失重。马路对面有个炒货摊，焦香顺风漫过来，顽皮地黏着虹。铁皮搭的简易棚，一盏白炽灯明晃晃，瞧不见囫囵人，炒栗人腰胯部起落有劲，铲擦着锅清脆作响。她从路灯走到摊前估摸有九到十步，一步之差取决于下半身穿什么，像今天的羊毛短裙、细高跟皮靴，会有十步。虹像挠痒痒挠到点上，打算验证一下自己的推测。

一步，两步……鞋跟敲击路面发出的笃笃声仿佛是种暗示，给了虹勇气。她昂首挺胸，步履轻盈，犹如凌波微步的天鹅。没等"九"数出口，脚踩到石子猛地朝外一撇，瞬间人失去平衡，朝前一趴，妥妥地趴在平台上。台子"嘎吱"呻吟一声塌了，搁上头的泡沫箱倾倒，里面熟板栗弹珠似的滚落一地，滑过虹脚背，火钳样的烫。

炒栗人猝不及防，从棚子里弹跳出来，这是个精瘦的男人。他狠狠朝虹瞪一眼，嘟哝说，天诛的，走路看着点。虹连连摆手，嗓子十涩，居然发不出声。男人随即蹲下捡，虹捂住裙边退后几步。男人一把紧拽住她脚踝，高声说："不许跑！"抬头见虹痛得倒吸冷气，不由得又松开。

"真背！才开张。"男人穿件灰色弹力衫，目光斜视，胳膊明显右边粗左边细，从地上捡起颗板栗，也不擦，赌气扔进嘴里。

"我——赔，不是有意的。"虹声音有些飘。

"说得够轻巧，你炒，我来赔。"男人把捡起的板栗捧手上来回倒腾，努起嘴使劲吹，"可惜了，忙乎了一晚上。"

天空下起雪籽，落地上沙沙作响，像人蹑手蹑脚在走路。男人匆匆捡完栗，进棚内把塑料凳拿出来。虹犹豫一下，还是坐了下来。她见棚内仅容下一人一炉，转身都困难，地上搁两三个矿泉水瓶。男人手掌厚实粗糙，指甲沾满黑，操起两根长柄铲刺啦刺啦搅拌锅里的板栗，拎起瓶子往上淋水，一缕青烟翻卷升腾，熏得男人眯眼皱眉，整张脸成揉捏挤压的柿饼。虹看着想笑，又忍住，口罩完美遮掩住面部表情。她眼前现出一双手，粗糙皲裂，连他的后颈脖都皲裂成菱形，鱼鳞片似的，摸上去有刺痛感。虹至今勾勒不出他漂泊在外究竟怎么谋生，从叹气中蹦出的片言只语尽是些无法组合的碎片，唯独知道只有他在外头，母亲、她和小弟才有盼头。

"街上没几个人。"虹揉揉脚踝，离炉火近，身子暖和起来。

"都惜命，要不是日子难过，我也躲家里不出来。"男人瞥虹一眼，面前的人眼睛、眉毛细长，头发温顺地贴在额头上，眼神像家里收留的那只流浪猫，透着寒冷。

"住前面小区？怎么没见过？这地我熟，摆了十来年的摊，他们喊我栗子哥。"

"我要半斤带走。"虹说。

"别人用糖水，我可是蜂蜜水，味道就不一样，要不，你先尝尝。"栗子哥拍拍沙子，沙子已烁得乌黑铮亮，他从中捞出颗栗子搁在锅沿边。

这时，一辆救护车闪着灯急急开进医院。停下后，打开的后门跳下三个人，其中一个穿白大褂，把担架上的病人送进急诊室，推车的轮子摩擦地面发起咯噔咯噔声响，在寂静的夜里传出很远。

"又哪个倒霉蛋中招？这年头，不用躺着进躺着出，知足喽。"栗子哥自言自语。手机响了，他侧着脸把手机夹在肩头，不一会儿对里面吼道："我是抢银行的啊，催命鬼！"说完把手机朝锅边一扔，手机滑进热沙里，他用铲子急急捞出。

手机又响，这回是虹的。她看了一眼没接，铃声停了几秒再响，她还是没接。栗子哥看她一眼说："年关到了，打电话总没好事，要么讨债，要么借钱，再不就是一大堆的结婚、搬家跟人情随份子。"他往炉里加煤，火旺起来，虹觉得有些热，人移出棚外。

虹回屋冲了个澡，几近凝固的血液重新畅快流动起来，面色有了些许红润，镜子里滴水的身体透着青春的光泽。换上家居服，吹干头发，给脚踝涂上药膏，然后窝进沙发，手机提示四个未接电话，来自同一号码。

"过了五十七分钟，从打电话起。"是一个男人低沉微愠的声音。

"出去买药，忘带手机了。"虹脱口而出，不知道为何要撒谎，女人不能总是被动等待的一方。

"外面不太安全，生活必需品还有药品一次性备足。"男人口气缓和些。

"现在都放开了，可以随便走了，外面……"她想说外面很热闹。

男人没等她说完，解释近期工作脱不开身，要再等等。不知是期待落空，还是不喜欢毫无新意的措辞，虹明显有些失落，懒懒应和着，想起栗子哥说谁都惜命的话，继而换种急切口吻，拖着重重的鼻音，说些言不由衷的话，对着手机屏幕轻轻喁两下。男人分明受到诱惑，要求开视频隔空示爱。虹撒娇说吃了药想早点睡，聊了会儿便挂断电话。

像孩子在墙上画道线天天量身高，虹的视线在门后也刻道线。男人多半属于门外，女人多半属于门内，尽管与预想的不一样，这也是几番挣扎达成的自我和解。开始心里还疙疙瘩瘩，时间一长，慢慢习惯也就释然了，且容忍且享受，至少浑浑噩噩时，人会变得简单，吃了睡睡了吃，也便少了诸多烦恼。过日子好似翻书，一页一页细品滋味是种过法，几十页攒一起掀，留下空白也是种过法。

虹一时间没了睡意，趿着拖鞋，在屋里数着步子来回走，像挖掘出新鲜的乐趣。从沙发到窗户有九步，到卧室、到卫生间也是九步，这是平时没有发现的。沙发是她第二张床，毛茸茸的毯子裹起来，像男人在时的怀抱，宽厚、温暖、包容。她宁愿整日粘在这里而不愿回到卧房，因为天花板一块黄色水渍像悬着的绳索，空落落的房间，空落落的枕头，容易让人浮想联翩而心神不宁。即便大白天，她也拉上厚窗帘，独自坐在黑暗里，用无尽的遐想填满虚空。

客厅正中有一组镶金边的靛蓝色欧式家具，橱柜里摆放着一只釉面装饰盘，上面印着一张照片。这是他们青岛旅行时拍的。海风吹起她的秀发，她仰头眺望远方，神情似乎在寻找答案；他则背对镜头，游离在九宫格最不显眼的一角，像游客无意间闯入镜头。倍感无聊时，虹倒上半杯红酒，独自慢慢品，刺激一下麻木的神经，又不至于喝醉，人有时需要微醺，那种飘飘然的轻浮感十分美妙。她偶尔也读小说，喜欢《飘》里一句台词：时间是用来流浪的，身体是用来爱的。后来逐渐醒悟，世上哪有无缘无故的爱，身体和时间一样都在流浪。便把书扔掉开始疯狂追剧，陪剧中人笑一阵哭一阵，直至昏沉睡去。外卖小哥摸不准她的作息，把打包盒往门口一放，门都不敲，发个微信，像给笼里的鸟投食一般。

清晨，雾霾织成巨大的网，把太阳熏成白色，失去了往日的灼热，太阳不像太阳，透着月光似的寒。这股寒冷延伸到虹的身上，血液的流动重新凝滞起来。她记不起今天是几月几号，隔壁窗子晾出一串串红香肠，真的快要过年了？年前这段时间，应当是母亲最忙碌的时候，腌制腊肉，晒笋干，炒糖糕，屋前屋后弥散着一股咸甜杂糅的味。这味道也是根线，牵动着虹归乡心切。她有多久没回过家？自打父亲过世后，好像再也没回去过。人时常会出现错觉，以为年头到年尾有很长一段时间，其实就眨巴眼工夫。曾几何时，那道爬满牵牛花的篱笆不再入梦，那碗热辣臊子面搅动不起味蕾，她知道，回家已成遥远的奢望。

虹再次站在路灯下，买栗更像是借口，她有的是可供消磨的时光。炒货摊白炽灯没亮，窗口竖块板，用粉笔写着：歇业休息。虹不禁哑然失笑，干累了歇歇，弄得生意很红火似的。直到第四天晚上，虹又听到栗子哥在吆喝，声音沉闷而沙哑，透着股疲惫。虹径直朝摊子走去，这回穿了双平底鞋，脚底安上弹簧似的踏实轻快。栗子哥显然还记得她，说要再等等，这锅已经有人预订了。她掏出手机要把先前赔的补上，栗子哥说不用，带回家洗洗炖排骨汤了，好东西不浪费。板栗哗哗啪啪裂开，把锅里的沙炸出密密麻麻的坑。虹瞧见棚里一个女孩趴在凳上写写画画，四五岁光景，梳着朝天小辫，两手通红，鼻尖几乎触到纸上。"你家孩子？天这么冷。"虹问。栗子哥苦笑两声，像风箱两头漏出气，说在乡下奶奶家待不住，只好接来带在身边。女孩忸怩着抬头，眼睛明显斜视，看虹像在看别处，虹想问，又止住。

一个中年女人从医院门口小跑过来。女人裹件花棉袄，戴顶红线帽，到摊前问炒好没有。栗子哥说给老人吃得软糯些，急不得。女人就伸手在炉火边取暖，开始抱怨："人老了怎么跟孩子似的，嘴馋得很，今天要这个吃，明天要那个吃，就怕到'那边'成了饿死鬼，不让人安生，这日子咋过啊？"栗子哥笑着搭腔："难过也得过。"女人拾颗板栗扔进嘴里，说："这东西能消化吗？隔壁床老头平时没人照管，乱吃东西，结果堵了喉咙管，差点送条命，住院这么多日，没见子女露面，孝啊敬啊都被扔到茅厕去了，天诛的。"女人注意到旁边站着虹，说，"还戴口罩呐，出来透透气多好，里面闷得很。"她想当然地把虹也当成医院里的陪护人，没等虹搭话，转身对栗子哥说，"积点德，别妹子好看就便宜些，遇到大婶两样心。"栗子哥说："都一个价，年纪大还是少吃点。"女人压低嗓音凑近说："哪会只给老人，送给小护士解解馋，医院里头比外头更讲人情世故，知道不？烦，真的烦。"瞧她说话的神态，更像是为自己深谙其道而自鸣得意。栗子哥称好用纸包上，女人嫌秤不准，又往纸包里添加了几颗，才心满意足地离去。栗子哥冲着女人的背影说："哪儿不烦？活着都烦。"

烦恼是根藤，越理越扯不清。虹常常想，倘若两人再次走在街上，有可能彼此错过，就像与无数路人擦肩而过一样，当初人群中匆匆一瞥，留下了印象。他们在一起，一半靠肉欲，一半靠想象，究竟哪个占上风，谁也不说明，也没有必要说明。随着时间推移，记忆会打上马赛克，等待中的人，面容与身形渐渐模糊不清，得靠一次次擦拭才能拼凑完整，但她记得他说的话，甚至说话的神态。他说她的眼睛像一汪清泉，有样东西住在里面；又说她是断线的风筝，幸好有他这么棵树托着，不至于摔成碎片。虹会不时去咀嚼这些话，猜不透到底是夸她还是贬她，或仅仅是用来抬高他自己。他似乎忽略即便断了线，风筝的现实和未来是天空，是自由。虹有时又觉着自己总归是幸运的，遇见对的人，用不着起早贪黑，把手磨得像栗子哥那样粗糙无比。手是女人的第二张脸，只要愿意，她平日里只管打扮得漂漂亮亮。她甘愿拿青春来做一场赌博，为她自己，为她的母亲和弟弟。她的烦恼说到底还是因为承受不住周边投射来的疑虑目光，还有这目光背后更深的意味。在离家遥远的陌生角落，她还是怕遇见可能认识、熟悉的人，深居简出是最明智选择，夜幕下的游荡更加轻松自然。

疫情过后，人的口味似乎变得怪诞和挑剔，不再满足寻常的酸甜苦辣。栗子哥头脑倒灵活，捣鼓出怪味栗，吹嘘用的是家传秘方。虹有时来买栗，不买多，就半斤，有时纯粹就打个招呼。女孩渐渐跟虹熟络起来，甜甜地叫姐姐，虹嘴上答应着，心里暖和着，逗她一会儿。棚内有股花椒孜然的味道，地上的矿泉水瓶更多了，栗子哥让她尝尝新发明的怪味栗，她随便捡颗剥开，果肉入口有股涩涩的苦，再嚼，舌头麻得会弹跳，咽下，才会有淡淡的甜涌上喉管，说不清是什么味道，好还是不好。摊前偶尔会排上几个人，大多时候生意不温不火，栗子哥卖一阵子又会消失几天。

等待终于变得触手可及，他已经规划出抵达的时间，虹变得忙碌起来，过新年似的精心准备，动手洗被单、拆窗帘、擦地板，确保屋里每个角落都一尘不染。她兴致勃勃地打算再添置些什么，比如在门边、橱柜旁摆上鲜花，为了与家具相协调，鲜花的品种和色彩都想好了。他是个爱整洁的人，随身携带的行李箱总是井井有条，衣服、洗漱用品摆放齐整。他喜欢用含小苏打的牙膏，早晚牙刷分开，电须刀、充电器用后即刻收起，好随时拎包进来，随时拎包出门，虽然，这让她隐隐有种压迫感。

少了厚重帘幔遮挡，屋内敞亮许多，细微的粉尘在阳光下飞舞，人和影子在金色中摇曳，一切显得鲜活生动，白天开始像白天。虹去超市精心挑选食材，提前像他在身边的那样扮演起"贤妻"角色，准备好牛排加美酒的浪漫晚餐，打开玫瑰水晶灯，肩披纱巾倚在窗前眺望。不出所料，他自进门，浑身每个毛孔都张开，脸上泛起青春的潮红，满心欢喜地全盘接收这份倾心营造的温馨。用完晚餐，两人依偎在沙发上，醉意朦胧，情话绵绵，酝酿着下一个销魂节目。这时候，虹觉着所有等待都有了回馈，她仿佛忘了自己，心甘情愿做他的奴仆，一切以他的喜好为转移。温存过后，虹下决心要抛掉白天夜晚颠倒的生活，按时作息，清晨起来爬山，竭力要把堆积在身上的苍白、慵懒、颓废统统抛掉，重新找回那个对生活充满激情乃至好高骛远的女孩。

　　山里空气清新，鸟儿啁啾着在树枝上跳跃，山腰背阴处居然有片板栗林，松软的泥土散发着腐烂气息。受周边高耸的竹子逼迫，好几棵栗树整张树皮脱落，粗大的枝干笔直朝天，露出空洞的树眼，成群蚂蚁爬进爬出。地上落满毛茸茸的圆球，跟荔枝长得极像。虹好奇地伸手去捡，"啊哟"一下立马缩回，手指已被尖刺划破，鲜血直流。她后来问栗子哥，栗子哥说板栗浑身长刺是自我保护，这样才不会被动物吃掉。剥新鲜板栗得用脚，硬鞋底踩住，左右一旋，"哗"的一下就挤出来了。在背阴处的栗树生长缓慢，果子成熟也晚，朝阳的话，这时节早摘完了。

　　更多时候，街口咖啡吧的女店员会在上午十点迎来一个女人，戴黑蝴蝶口罩、穿黑色长裙的女人，拿着一本封面泛黄的书，书名是《飘》。她点一杯卡布奇诺，看似很专心致志地看书，更多的是心不在焉。给人感觉在等一个人，像地下党员接头一样约定好时间、地点，以身上携带的某样东西作为暗号，但却始终等不到人来。这样的场景本身就给人想象力与诱惑力。胆大且自以为是的男子上前搭讪，她要么视而不见，要么莞尔一笑，一副清雅寡淡拒人千里的姿态。偶尔，女人也会和搭讪的人聊上几句，聊得开心时会微微一笑。女店员也发现，只要女人一出现，就会有个男子悄悄跟进来，坐在门边不被人注意的角落，这越发引起女店员的无限遐想。

懒散的身体承受不住短时间剧烈的运动量，虹头晕目眩，浑身酸痛，蝴蝶口罩在她脸上留下一道印，成了另一张面孔。周末晚上是她与男人约好的视频通话时间，她不想错过约会，打起精神开始梳妆，涂上厚厚的粉底霜，抹上玫瑰色腮红，细细拍打，让它融进肌肤里，殷红嘴唇像熟透的樱桃，带着天然的妩媚。她特意换上件能修饰傲人身材的紧身连衣裙，这时的虹显得青春靓丽且元气满满。

十点已过，手机没有丝毫动静。他时间观念很强，对事对人都如此。虹犹豫着要不要先打过去。他曾告诫过她，万不得已不要主动给他打电话，他经常要开重要的会议。现在算不算万不得已？等待只会让人心生不安，虹不知道做什么好，握着手机端坐在沙发上。十点一刻，男人终于打开视频。他身后是面白墙，白得扎眼，看不出究竟身在何处，男人漠然的表情也出乎虹的意料，似乎对她的精心装扮视而不见，毫不在意。她强打起精神，努力笑着，柔声问道："机票订好了没？"男人像是没听见虹的话，不点头也不摇头，看她的目光很陌生。虹扭动凹凸富有弹性的躯体，把修长的两腿交叠着摆放，像一条游进手机屏幕的鳗鱼。男人好似在欣赏，又好似在无声冷笑，启口说："你比我想的过得要好。"虹以为男人在说笑，问："哪里好了？你不来，不陪着我是真正的不好。"男人低沉又坚定地说："我说你过得好，肯定过得好。"没有激情，没有惊喜，虹的心风筝断线一样不停往下沉，沉入无尽的深渊。

虹感到十分委屈，鼻子酸溜溜，又强忍着，她不想把难得的网上见面弄得凄凄切切，分别已久，再相聚已不知何时。她期待男人再说些什么，哪怕是无关痛痒的话，可男人惜字如金，不给任何理由。视频结束后，虹满以为男人很快会打电话过来，要么安慰要么解释，只要他说的话，她都百分百相信。可时间一分一秒过去，手机那头陷入了沉寂，永久的沉寂，让人怀疑是否有个真实的他存在过。虹抑制不住失望，开始哭泣，先是嘤嘤地哭，接着是号啕大哭，泪水像拧开的水龙头尽情流淌，把脸颊上的腮红冲刷出道道沟壑。

虹仍然抱着幻想，想着明天，或是最多不出后天，紧闭的房门就被藏着的只有他俩知道的另一把钥匙打开，男人提着行李箱，风尘仆仆出现在她面前，手里捧着娇艳的玫瑰花，给她个措手不及的惊喜。她甚至编织各种理由为男人开脱，人在江湖身不由己，工作缠身，还有这场灾难般的疫情。她开始无所顾忌地一次次拨打男人手机，先是被摁掉，后是占线忙音，最后发微信显示红色感叹号。

虹似乎渐渐明白过来，男人口口声声抱怨疫情阻隔了通行，冠冕堂皇的理由背后是真实的谎言。他或许早忘记曾经的美好，把她如草芥般遗弃在陌生城市的角落，不可抗拒的时空会淡化和抹去一切。或许有个更年轻的女孩取代她的位置，情意绵绵地依偎在他身边，带着洋洋自得。这种得意虹有过，是相较于替男人打点好行装依依送别身为妻子的那个女人。她——叫虹的女人，连同不叫虹的女人都仅仅是他——一个事业有成的男人生命中满足欲念的匆匆过客，走过，不会激起波澜，不会留下印记。

可虹依赖的大厦倾倒了，也像是把剑直直刺入心脏。她不禁浑身颤抖，手脚冰凉。自以为稳固的依靠突然间失去，虹变得迷茫乃至惶恐。一条河横在他们之间，来得如此迅猛，她知道自己怎么都蹚不过去，即便蹚过去，也上不了岸。长年漂泊在外，她没有亲人，没有朋友，孤魂野鬼一样，估计死了也不会有人知道，像一只整日躲在阴暗里的老鼠，独自舔舐滴血的伤口，越是挣扎，越是落入收口的网兜里，被勒得窒息。安逸已让翅膀弱化成点缀，进而变成无形的枷锁，要逃离既定的躯壳，太难也太痛苦，折磨人的。从来不是别人的绝情，而是心存幻想和期待。她清楚所有美好都被自己辜负了。

虹戴顶灰色绒帽站在老地方，路灯的昏黄在眼睑投下道暗影。家家户户亮着灯，一家人要不是围在电视机前，就是坐在餐桌前，寻常中藏着幸福密码。在为数不多的黑暗里，虹在找哪个窗口属于自己，找了好久，竟然没找着。新年临近，老家也该掸尘大扫除，辞旧迎新，自己的美照摆放在家显眼的地方，照片中的她穿着笔挺套装，妆容精致，刻意塑造的房产推销员形象是村里多少女孩的向往，母亲恨不得把一张张汇款单都裱起来，向村里人炫耀。父亲过世后，虹接过他留下的债务，看不见摸不着的东西，分量却是沉甸甸的，压迫得人难以畅快呼吸。栗子哥瞧见虹，挥着长铲冲她打招呼，炒货摊外设了个立式音箱，播放着凤凰传奇的歌，时不时有路人前来买栗。

"快过年了，以为你回家了。"栗子哥说。

"能走到哪里去？家在天涯。"见女孩没在，虹有些失落，锅里熟透的板栗裂开口，互相簇拥着笑。

"怪味栗很多人喜欢，大家都出来逛，生意自然好。"锅里噼里啪啦的爆裂声配合栗子哥的话。

"怎么从没见孩子妈妈？"这话藏在虹心里很久，今晚不问，恐怕再也没有机会。

"走了。"栗子哥说。

"过世了？"

"跑了，跟着我吃一辈子苦，谁愿意？孩子不能没有妈，试着找过，人海茫茫，难。"栗子哥看着她说，"眼睛和你长得像，细又长，像条河，只是没你命好。"

虹的脸微微发烫，不敢直视栗子哥富有意味的眼神。虹没有再说话，称了半斤怪味栗，抱婴儿似的抱在怀里，转身走了。

行道树亮起彩灯，街上逐渐热闹起来，杂货铺把大红中国结摆在最显眼的位置，蛋糕店老板把灯箱擦亮，今年鞭炮不再被禁放，可以尽情燃放。小年前后下了场雪，鹅毛大雪飘飘洒洒，一夜之间把山顶、树木、路面染得纯洁如画，世界变得单一而明亮。人们欣喜地迎接这场大雪的到来，孩子们在房前屋后堆雪人打雪仗，像群叽叽喳喳的喜鹊。

虹没有再出现。

女孩开始还问："姐姐去哪里了？"后来，她也忘了。

眼

何小姐从韩国回来，改变的不只是容貌。

何小姐本名何捷，闺密当中她年龄最小，一米七的高个儿，天生衣架子，说话嗓门透三间，每回聚餐，来得最早，吃得最多，溜得最快。别看她外面穿得风光，内衣尽是十来块钱的地摊货，嘲笑她几句，反倒数落起我们，里面穿得高档给谁看啊，权当她老公，准确地说是前老公是空气。前一阵子何小姐去了趟韩国，对外称是旅游，真正目的大伙都懂，回来后主动邀请姐妹们聚聚，真是太阳打西边出来了，估计是想展示旅游成果。

晚餐定在"回味"私人会所。现在聚餐还在大酒店那是OUT了，会所才是低调的奢华。这里靠近灵湖边，一排错落的别墅，月朗风清，竹影婆娑，湖面波光粼粼，湖中央立着一栋楼阁，在灯光的掩映下显得扑朔迷离。

主角一露面，果然惊艳全场，全场其实也就五个人。何捷脸整整小了一圈，下巴又尖又翘，皮肤像剥了壳的鸡蛋，近视眼镜摘掉了，双目顾盼有神，就连着装也一改原先的松垮之风，真丝旗袍外加白色羊绒披肩，举手投足有几分妩媚之韵，与阔脸浓眉女汉子判若两人。看得出这回她是花了血本，该削该垫该拉的都动过了。不过，站在面前第一感觉不是熟悉的何小姐，怎么看都有点陌生。我们围住她啧啧称赞，像一群叽叽喳喳的麻雀。

完美，简直是完美！

"走出这步容易吗？谁愿意白白挨刀子？"何小姐大嗓门一亮，陌生感消失了，熟悉的她又回来了。

"这副模样，不晓得他多后悔呢。"许芳芳冷不丁地冒出一句。我在桌下踢她脚，其余姐妹也有点愕然，直勾勾盯着何捷。

"看我做啥？绕不过去就撞过去，不撞个头破血流，咋知道新生的滋味。"何捷笑，姐妹们也跟着呵呵笑。

酒过三巡，何捷面若桃花，我们也面若桃花，在没人打扰的空间里，放肆嬉闹，像回到孩童时代，许芳芳还点了支烟。平时，尽管住在同一城市，为工作为生活为孩子，也难得聚在一起。大家缠着何捷挖掘美容宝典和整容心得，特别是许芳芳，作为五星级酒店的大堂经理，总感到自己长相不够甜美，渴望拥有"玉女"杨钰莹的模样。

"说实在的，这段日子挺煎熬的。"何捷说。岂止这段时间，这一年她过得都挺煎熬。我们心知肚明，尽可能顺着、惯着她，呵护她那受伤的心灵。

何捷打开话匣子便关不住。

"我选择的这家美容医院在仁川，在韩国美容业界也属一流的。院名我就不说了，不然有做广告的嫌疑。据说韩剧里看到的那几个明星大腕也去这家医院'装修'过。当然，医院是不会挂他们靓照的，保护明星隐私嘛，相比正儿八经的广告，人们宁愿选择相信带神秘色彩的口口相传。医院坐落在仁川城东的半山坡上，路两旁栽种着郁金香，五颜六色开得艳，景观树修剪得齐整。医院周围树木茂密，时不时有清脆的鸟鸣传来，闭上眼深吸一口，空气里满是甜丝丝的清新味儿，乍一看，我以为自己到了某个度假胜地。

"医生穿白色西装，护士着粉色裙装，个个五官精巧，脸上挂着笑，说话细声细气。而且你们知道吧，他们竟然会说流利的汉语，就是欧巴——带拖腔那种，嘴上软绵绵的，像含了糖一样，可交流一点问题都没有，厉害吧？简直武装到牙齿，难怪说，在韩国，除汽车业之外，美容业同样是支柱产业。

"我的主治医生名叫朴正崎，年龄估摸四十多岁，个头不高，留着大板寸，皮肤是健康的小麦色。后来才知道，他是个户外攀爬爱好者，难怪双臂与胸肌都那么发达，把西装撑得紧绷绷，很性感哦，让人有种想靠一靠的冲动。手术方案的商定过程很严谨，还模拟出术后效果，会诊过程允许我旁听。朴正崎医生说，这也是让患者更好地接受术后的自己。我下巴比较宽，所以下巴重塑是重点，要磨掉几分下颌骨，听起来挺可怕，要从口腔或者耳根切口，两者都有风险。我是担心全身麻醉从此醒不过来，一个人在外国，出了事报信的人都没有。

"但既然来了，就不给自己留退路。幸好手术一切顺利。我就睡了一觉。醒来后，我看见朴医生站在面前，笑着对我说：'手术很成功，不出意外，一周左右可以拆线。半月后，你就可以看见一个全新的漂亮的自己。'我想对他点头表示谢意，但头重得灌了铅似的，下巴被固定住动弹不得。毕竟是动了手术，面部神经很敏感，还戴着防感染面罩，头几天真是寝食难安，想得也多，会不会越整越丑？钱会不会打水漂？会不会被姐妹们耻笑？整天在那里胡思乱想，开弓又没有回头箭。术后第五天吧，我记得，面部疼痛减轻了些，面罩也取掉了，自己能明显感觉到伤口在一点点愈合。我听从医生建议，多做放松运动。那天清晨，我听着音乐，正在阳台做些简单的瑜伽动作，小护士轻轻走过来跟我说，一位中国来的女孩要住进来，正在办入院手续。房间里设两个床位，当然，单间VIP房也可以，费用高啊，我也是能省就省。约莫一个小时后，房门'砰'地被撞开，我探头一看，一个二十来岁扎丸子头的女孩拉着行李箱，拎着大包大包跌跌撞撞进来，好像把家搬过来似的。她戴副宽边墨镜，巴掌大的脸被遮得严严实实，露出一小片脸颊，像朵白玉兰。

"女孩把包统统往床上甩，一屁股坐下来，鼻孔一开一合喘着气。打眼一看，蛮漂亮的，还要整容？只能说现在女孩容貌焦虑的太多，逼得我们这些老阿姨都要去整。'鬼地方，害得我好找。'女孩自言自语，从包里掏出电脑接上电源，对屏幕噼里啪啦好似弹钢琴。没有礼貌的小屁孩，我也懒得招呼，过了一会儿屋内没声响了，见她竟然歪在床头睡着了，身子蜷缩着，脸上墨镜没摘，模样楚楚可怜。我蹑手蹑脚给她盖上被子。她电脑界面，一个武侠装扮的美艳女子手持利剑凛然站着，一袭白色长裙飘飘。

"小护士进来先是给我测量体温，然后，走到对面女孩的床位，说：'您好，黄杨——雪儿小姐。'她的汉语稍显生硬，见女孩没反应，小护士拍拍她肩膀。女孩浑身一颤，坐起来，用手护住脸上墨镜。

"'黄杨雪儿小姐，已为您预约好今天上午十点见医生，下午两点开始身体检查。'‘就不让人歇会儿，凌晨三点才下的飞机。'雪儿有些不耐烦。

"'这里安排挺紧凑的。'我说。她好像这才发现屋里还有个人，扬起小脸朝我点点头，作为回应，我也朝她点点头。

"小护士走了，房间里就我们两个人，气氛有些冷，总要谈点什么。'就你一个人？跑这么大老远的。'我问。'你不也是嘛，这种事越少人知道越好。'她回答是冷冰冰的，小脸绷得紧，这天看来是聊不下去了。

"小护士按点进来，雪儿抓了块蛋糕塞进嘴里，跟在她后头出去了。我披件长衫，到走廊散步，见她进了一个叫金贤奎的医生门诊室。我挨边上的椅子坐下，半开的门里传来浑厚的男中音。

"'雪儿小姐，我想确定一下，你真考虑好了吗？'

"'人不都在这里了吗？'

"'再冒昧地问一句，你将来打算从事什么职业？我看你身份上写着是学生，大一学生。'

"'这……有关系吗？'

"'女生大都有进军演艺界的梦想，特别是漂亮女生。我们医院主要是针对天生缺陷、先天不足或者是后天损伤的患者做整形修复，请你慎重。'

"我想这医生还很有责任心。这姑娘除了表情冷冰冰，说话硬邦邦，底板还是不错。现在，有些女孩为了追求所谓流行的美，动起刀来眼都不眨一下，活生生把脸当成了试验田。

"'追求完美不是人的天性吗？'雪儿显得振振有词。

"'整形并不代表就能达到完美，它只是尽量弥补缺陷，况且手术都有风险，我们有必要向你说明风险点在哪里，你有家人陪同吗？'

"'您放心，我不会欠医院钱的。'

"'作为医生，我会尽可能帮助患者达成心愿，但有些时候，患者期望值太高，'金贤奎医生颇有耐心地解释，'从目测来看，你戴着墨镜，我看不清你的眼部周围，最好是摘了眼镜——你也是典型亚洲面孔，整体稍显扁平，比例还是很协调，有些自然的缺陷是可以忍受的。'

"'我受够了——'随着一声吼叫，雪儿冲出来，吓了我一跳，赶紧低头系鞋带。别说医生，连我都看得出这女孩是走进死胡同了，脸整成瓜子脸了，看眼睛不大要整，眼大了，看鼻梁不挺要整，一旦动了刀，便无休无止，直到弄得面目全非。打个比方，整容就像女人买衣服，换了上衣看裤子不行，换了裤子看鞋子不行，我庆幸至少自己还是清醒和理智的，有时也会问自己，我为何要整？是想跟过去彻底告别？换种新活法？我特意在小树林里转了一小会儿，才若无其事地回到房间，雪儿窝在床上，塞着耳机埋头敲电脑，手在键盘上跳舞，好像什么事儿都没发生，我也懒得操心无关的事情。

"或许是因为我的冷漠反倒引起她的注意，反正没过一天，见我在练瑜伽，雪儿磨蹭地凑上来，说：'姐，陪我去见主治医生吧，他太缠人了，问来问去。'毕竟还是个涉世未深的孩子，我在内心已欣然接受，但为了大人的尊严，半推半就地答应了。按预约的时间陪着她，临进去，她犹豫着，临时变了卦，说：'何姐你还是门外等吧。'透过玻璃窗，见雪儿背对门站着，金贤奎医生示意她坐，凑近她的脸，雪儿躲闪了一下。

'‘我给你介绍，眼部整容，比较流行做欧式大内双，这要看个体条件，比如五官立体感强的，效果很好。'金医生说。

'‘不需要欧式中式的。'雪儿摇头。

'‘你想整成芭比眼可爱型的？女孩都梦想拥有这样迷人的双眼。'雪儿还在摇头。

'‘适合自己的才是最好的，尽管流行的我们也能给你实现。'

'‘我就是想把眼睛——整小一点。'雪儿说，我以为自己听错了。

'‘明白了，你是来做修复的，以前在哪里整过形？'金贤奎医生咧嘴笑了。

'‘我从没整过形！'雪儿嚷起来。

'‘有悖常理啊，谁不渴望拥有明亮的大眼睛，要把眼睛整小？不应该啊，放松放松，把墨镜摘了，我检查一下。'

"雪儿僵硬地站了好一会儿，仿佛下了很大决心，伸手摘下墨镜。这时，一种极度惊恐的表情在金贤奎医生脸上出现，他双目圆睁，整个人往后一仰，瘫倒在椅子上。雪儿回过头，脸上两个窟窿，骷髅样，发出瘆人的寒光，我不由得惊叫一声。我的小心脏像被踢了一下，猛地一阵紧，跌入无边的黑暗中……"

空气仿佛凝固，窗外冷月无声，我们几个听得目瞪口呆，坐在原位上一动不动。

"何捷，你不会讲大书吧？"我首先反应过来。

"有照片呢。"

何捷从手机里翻出照片，雪儿穿着碎花连衣裙站在大树下，脸上戴着副大大的墨镜，看面部轮廓是个秀丽的女孩。

"这也看不出什么啊。"

"镜片有多大，眼睛就有多大。"

何捷端起杯喝口茶，脸上潮红已消退，可以断定她思维是清晰的。

"也不知过了多久，仿佛是做了场噩梦，我睁开眼，小护士正在给我输液瓶换药水。见我醒了，她长长舒口气说：'朴医生一直守着，才走。'

"'真的抱歉，我没照顾好您。'原来我晕倒时，额头磕出三四厘米长的口子，旧伤未好又添新痕，真是倒霉透了，都怪自己太爱管闲事。小护士看出了我的顾虑，说：'您额头的伤疤医生会帮您修复，接下来治疗费用会减免，您尽管放心。'听了小护士的话，我放下心来，想起雪儿，抬头发现床空着。小护士用手示意阳台，一个孤独的背影，双肩耸着，头埋在里面，这女孩心里一定藏着不为人知的痛楚，如同自己，表面上没事人一样，真正的内心谁能理解，一年的婚内拉锯战，把曾经的美好憧憬都化为乌有。

"小护士走了，我挣扎着从床上爬起来，手脚软绵绵地不听使唤。听到响动，雪儿跑进屋，在床边站住不再上前。想到那双眼睛，我浑身打了个寒战，竭力让自己镇定下来，一个成年人什么风浪没经历过，可不能在小女生面前失了风度。我招手让她靠近，雪儿犹豫了一下在床沿坐下，墨镜下的脸颊分明有道泪痕。我握住她的手，手冰凉冰凉的，她好像感受到一种柔软，蜷缩身子靠近我，像只可爱的小猫，我俩就这样依偎着，谁也没有开口说话，阳光透过薄纱照进来，给房间抹上一层柔和。

"接下来是难得的和谐时光，我们像是一对共患难的姐妹，我更愿意把她当孩子，母爱总会在某个特定时刻泛滥。在与她断断续续的交谈中，知道眼前带父母双姓的姑娘打小就是乖乖女，她的名字是杨雪儿，黄是姓，模样清纯可爱，一双丹凤眼，肌肤雪白。改变来自她进入大学以后，在樱花烂漫的校园里，一个名叫尚俊杰的大二男生闯入了她的视线，并在她心里扎根，萌生出爱的芽。这个在渤海边长大的男孩模样并不俊，皮肤黝黑，小眼睛特别亮，盛满湛蓝的海水一样。他走到哪里就把欢笑带到哪里，俘获了不少学妹的心，雪儿也被深深吸引。因为不在同一年级，食堂图书馆、篮球场上，她的目光总在寻找、追逐他。黄昏时分，她捧着一本书在铺满繁花的小路上走来走去，她在等他，知道这个时候，尚同学会骑着蓝色山地车风驰电掣而来。好像专门赴她的约会，她心跳加快，无法抑制，就急急跑掉。

"尚俊杰被众多女同学包围，显然无暇接收这份爱的电波，两人仅仅停留在点头之交，真是希望越大失望就越大。出于女孩的矜持胆怯，雪儿不敢当面表白，生平第一次被重重的挫败感包围，整日处在自怨自艾中。无意中得知他特别会玩网络游戏，现实中不能实现的，在虚拟世界里雪儿也想靠近他。

"黄昏，天际被晚霞染成了一片血红，我与雪儿在小树林里闲聊散步，一只小松鼠在树枝上窜来窜去。雪儿说：'我就是这么不服输的人，也注册了一个账号进到游戏里，里面真的很吸引人。我在游戏玩家中级别越升越高，学习只能勉强应付应付，哪还有空余时间啊，考试能混过关就行。有一天，同寝室的姐妹说我的眼睛越来越大了。一照镜子，发现自己的眼睛变圆变深了，开始觉得蛮好看，眼睛会发痒发痛，也懒得去医院，清楚是玩游戏过度了，就买了些眼药水，谁知滴了之后，眼睛更加疯狂地长，越长越大，成了一个创面，像感染病毒一样。室友说看到我会做噩梦，纷纷找理由搬出去了。去医院检查后我才知道，我的脑神经受到严重压迫，头疼得恨不得撞墙，整晚整晚地失眠，头发大把大把地掉。'

"雪儿喃喃地说着，如果我能看见她的眼睛，估计此刻正闪着痛苦的光。

"'你父母知道吗？'我裹紧身上的衣服，九月的秋风夹杂着丝丝寒意。

"'没说，也不敢说。'

"'他呢？'我是指那个叫俊的男孩。

"雪儿摇摇头，'我来这里，谁都没告诉，请假也编了其他理由。'

"'傻姑娘，都什么时代了，爱就要大声说出来！男人都是感性动物。'

"我猛地收住话收住脚。脑海里闪现自己的婚姻，平日里在老公面前除了数落就是抱怨，他会怎么认为？我还爱他吗？对于过去，我一直如鲠在喉，多老实的一个人啊，让他向东他不敢向西，竟被一个小秘书给俘虏了，还是同办公室的，心头这口气怎么都出不来。字字才四岁大，哭着喊着要妈妈，我这心……真舍不得，牙一咬判给他，我一定要让那个女人尝尝当后妈的滋味。

"'何姐，你应当是结婚了吧，怎么还？'雪儿问。

"'我是不甘心，谁愿意看着好好的家让别人给拆了。'

"'这样，一切都能回来吗？'雪儿又问。

"'这点我倒真没想过，想着如何改头换面，抓住青春的尾巴，过一种与过去不同的生活。'感觉埋在心底的愤懑被这异乡他国的秋风吹散了，人豁然轻松开朗许多，我张开臂膀，闭上眼深深地吸口气。这一年，自己在情感的纠葛中，不想放手也不甘心放手，日子像捏着的沙子，抓得越紧，漏得越快。

"过去了三四天，金贤奎医生没再露过脸，小护士按时来量体温送水果，院方除了给雪儿做了一次全身检查，也没任何动静。雪儿白天抱着电脑玩游戏，晚上躺在床上翻来覆去。这怎么行，我的侠义之气上来了，有必要出面替雪儿与院方交涉，于是去敲院长办公室的门。接待我的是一位中年女子，很富态，笔挺的灰色小套装，面容差不多是同一个生产线上出品，她以为我是为摔伤一事找说法来的，一个劲儿向我道歉。

"'这样拖着可不行！把人接下了，就得尽快安排手术。'我一坐下来，就开门见山表明来意。要不是下巴还带着固定夹，我早就对她放一通机关炮了。

"女院长听明白怎么回事后，欠欠身子说：'请何小姐代为转告，请雪儿小姐再耐心等几日，我们没有放弃对她的治疗。坦白地说，因为她眼部创面太大，而且又靠近脑部，手术方案要十分周密谨慎。'

"'困难应当是你们院方的事儿，雪儿也是经过选择才来的贵院。'我特别强调这一点。

"'我们也会尽全力，我们已将雪儿小姐的体检报告发给业界顶尖专家，想邀请他们来会诊，以便在短时间内拿出可行的手术方案。'

"女院长态度很诚恳，我的语气也放缓了一些，不好意思这样顶着。

"'何小姐，有一点我想说明，美容只是修复看得见的伤

痕。看不见的伤，或许才是真正需要修复的。'

"我若有所思地点点头。与女院长谈话后，进出房间的医生明显多了，雪儿有时会乖乖地配合，有时又烦躁得像随时要逃跑的小鹿，更多时间，她依然沉浸在自己的世界里，如痴如醉。

"几次会诊，雪儿的手术方案最终敲定，将开裂的眼睑从内角到外角分两次缝合，取用她身上的皮肤进行创面修补，主治医生也换成了给我操刀的朴正崎医生。这段时间，因为雪儿的事，我少了闲心胡思乱想自己的事情，朴医生说：'恢复得很好，过几天就能取下固定器，可以拆线了。'额头的小伤口愈合得很快，等雪儿的事情安置妥当，我也可以放心回家了。

"手术前夜，我俩坐在阳台上，从这里可以俯瞰仁川大半个城，周围一片寂静，繁星与城市灯光在不远处交汇。

"'《阿凡达》这部电影看过吗？卡梅隆导演的。'雪儿点点头。

"'一本医学杂志说，再过二三百年，人的眼睛比现在大上四五倍，就像阿凡达的眼睛。'

"雪儿很好奇。

"'人类眼睛使用频率越来越高啊，看手机，玩电脑，用进废退。'

"'呵呵，我是提前进化了。'她还戴着墨镜，睡觉也不摘，我想她是担心我害怕，这个暖心的小秘密我也不戳穿。看得出雪儿的脸不再紧绷，有了难得的轻松。

"'其实，只要抬头，你会发现世界挺美。'

"'我控制不住自己，在游戏里才能感到快乐。'雪儿说，'我受不了别人看我的眼神，恨不得找个地儿把自己塞进去，一辈子都不要出来。'

"'你要知道，蚕是被自己吐出来的丝给裹住的。'我想这话是说给雪儿听，也是说给自己听。

"想着她明天九点还得手术，我就催促她早点睡，雪儿很听话地上了床。临睡前，她央求我明天一定要陪着她，我点头答应了。看她整晚睡得很踏实，我倒是迷迷糊糊的。转天，除了朴正崎医生，脑外科、心血管科、神经科医生都悉数到场，看来，医院做了最周全的安排。临到在手术室门口分手，雪儿整个人抖得筛糠般，紧拽住我的手不放，我说我就待在手术室外，守着她。

"整整五个小时，出来时，雪儿脸上的墨镜已被薄薄的一层纱布代替，朴正崎医生一脸疲惫，但表情很兴奋：'不一样！年轻就是不一样。'我悬着的心也放下大半了。

"接下来的几天，我几乎没有睡过囫囵觉，陪护在雪儿身边，比护士还要尽心。术后第一周最难熬，为了创面恢复效果更好，医生不再使用止痛类的药物，更多采用冷敷这些物理消痛法。雪儿有时会莫名烦躁，不停地挥动着双手，要去抓眼睛上的纱布，小护士不得不将她的双手固定在床头，一日三餐都要人喂。还是我了解她，搬来电脑放在她床头，按照她的指点，把里面的游戏打开，听着噼里啪啦的刀光剑影声，雪儿稍稍能安静片刻。唉，我也是黔驴技穷，想不出

眼／

73

其他好法子。

"一天，我把削好的苹果切成片喂她吃，搁在床头的手机，有一个脸庞黑黑的男孩头像闪个不停。

"'要回吗？'我问。

"雪儿摇摇头，伸手索性把手机也关了。

"'有些事，有些人，还是要去面对的。'这话像是说给雪儿听，又像是说给自己听。

"雪儿拉过被角，将头埋进被单下。

"终于迎来我期待已久的日子。朴正崎医生把我脸上的固定器的螺丝一颗颗拧开，螺丝落在托盘当当响，我的心也随之狂跳不已，要蹦出来一样。字字刚出生时，我也是这样的心情，想见又怕见。雪儿一个劲儿地问：'好看吗？好看吗？'小护士微笑着递过来一面镜子，镜子里映出的是一张精致的面孔，原本的缺陷一扫而光，正是我想要的样子！我用手在自己的脸上不停地这里摸摸那里捏捏，确信真是自己的脸。朴正崎医生站在一旁，带着笑，欣赏自己的作品，随后，给了我一个大大的拥抱。靠在他坚实的胸前，我哭了，像受了委屈后找到一个可以理解和倾诉的人。

"我是归心似箭啊，毕竟离家这么久了，前后算起来也有个把月了。可想到把雪儿独自扔在这里，又有些于心不忍。临走当天，我起了个大早，中午十二点的飞机，从医院到机场也就两个小时，东西早收拾好了。我这个人眼窝浅容易哭，没想好怎么与雪儿告别，想悄悄地走，但她还是醒了。

"'何姐，咱俩以后还会见面的吧？'她伸长脖子，脸朝着我的方向。

"'随缘吧，这种事越少人知道越好，不是吗？'我故作轻松地说。说实话，我也不知道将来会是怎样，遇见的人未必能相识，相识的人未必有缘再见。我想叮嘱她几句，给一些祝福的话，可话到嘴边又咽了回去，觉得说了也没什么意思。我走上前，把脸轻轻地贴在她的脸上，'相信自己，会有好运的。'说完，我便走出房门。

出租车已经停在医院门口，我上了车，再次回头，发现雪儿靠在阳台的栏杆边，阳光打在她白白的脸上，眼睛还蒙着一层白纱布，我相信她能看见我，正如同我能看见她一样。"

"后来怎么样啦？那女孩。"许芳芳追着问。

"我哪知道啊？"何捷双肩一耸，披肩滑落下来。

"瞧，你们眼睛越睁越大哦。"她说。此时，窗外的月亮像一只眼睛，静静地注视着世间的一切。

往左往右

秋分在村口老槐树下止了脚步，四处张望。面前有两条路，一条往左，一条往右。

光透过枯叶落在脸上，留下斑点，秋分感觉不到暖。光不是明灿灿的阳光，也不是窗子透出的灯光，像是柴火没点着用吹火筒吹的薪火，星星点点，忽明忽暗，没有热度，倒反透着寒，逼人的寒。天上满是褶皱，眼前的山也满是褶皱。这褶皱一直延伸到他身上，肌肉被挤压，骨骼被拆解，整个人成了抽干水分的黄瓜条。

秋分上下摸摸口袋，走得急没捎烟。他朝灰土地上吐口痰，嘟哝一句："死婆娘，准是又被她藏了。"这已经不是一回两回了，抽支烟像割她身上一两肉，嘴上常说，跟灶里冒出的烟一个样，黑漆漆的，吸到肚子里，黑心黑肝黑肺。她哪知道男人吸烟的乐趣，再说他早不把这堆腐肉积成的身子当回事儿了。小时候他常趴在树上看蝉蜕壳，蛹背先裂出条黑缝，头挣扎着钻出来，然后是绿莹莹的身子，隔一会儿，翅膀变硬，展开，飞远，剩下壳。他就是这片壳，粗糙，残缺，丑陋，孤零零在枝上晃荡着，随便一阵风就能把它吹散吹落，带体温的灵魂早飞到九霄云外。

身子空了，升腾起一股莫名异样的舒坦。一切都在变轻，走路，喘气，咳嗽，整个人浮在水面上似的，能跟风搭把手，秋分开始惦念起这种轻，像闻到乳香般沉迷。手指无意间触到腹部鼓出的那块疙瘩，痛消失了？用力摁，真的消失了！这疙瘩割下没几两肉，着实要了他的老命。疼痛忒折磨人，秋分死都记着，那是用钝齿的锯在血淋淋皮肉上来回拉扯，拉一阵扯一阵，扯一阵拉一阵，痛得死去活来，痛得咬牙切齿，恨不得钻进娘肚里重生一回。钻不回去就骂，骂不解恨就打，剥了皮的细柳条划过风干的皮肉，流出来的不是血，是咸的泪。

秋分脚步轻快，感觉要飞起来，朝右边碎石路走去。这条路通向二里外的溪涧，他从小走到大，从大走到老，晴天走下雨走，开心走不开心也走，走了不知有多少回。婆娘光他脑袋被驴踢了，一条道黑灯瞎火走到底。秋分想，人肠子已山路十八弯了，还要绕那么多弯干吗呢？溪坑里挤满圆鼓鼓的石头，像无数大大小小的脑袋挨在一起，挨得紧了，密了，就你推我搡，吵吵嚷嚷。看着看着，秋分自顾自咧嘴笑，村子里这些年死的人，保不准就往溪坑一扔完事，早明白就好了，省得给老爸造坟头。

石头缝布满长螺蛳，这小东西黑黑的，味很苦，捣碎后贴烂脚，效果立竿见影。溪上头有座木桥，踩上去嘎吱响，散发着腐烂的气味，前些年桥被大水冲毁，村民很快凑了钱给搭回去，齐心得很。能不搭吗，溪尽头有口祈雨潭，相传四五百年了，无论天怎么干旱都不会断流。村民说潭有灵性，有求必应，开始只是求雨，后来婚嫁、生子、考学、升官、发财啥都求，鬼知道灵不灵，可能不灵也可能灵。村东头的光蛋整日捧着紫砂壶站在青砖飞檐雕花廊柱弄的祠堂样的家门口，逮谁就说想当年，想当年，他可是在潭边摆上猪头、点上香烛，正儿八经求过的。听得多了，村民推说田岸漏水，扭头走开。秋分也想跟光蛋那样，有个想当年开头的故事，可以给祈雨潭描描红，可惜他没有，即便有，说了也没人相信，瞧他家狗窝样，他爸原先住的两间破倒屋，轮到他，没有最破，只有更破。

秋分每回去潭边只有一个目的，撒泡尿。数丈高的悬崖，刀削样笔直，一捧手粗的水柱从天而降，落进底下的潭里，潭水绿得像刚冒尖的油菜。五六岁的时候，秋分跟在大人屁股后凑热闹，左看右看，觉得水柱不就是他爸对着白菜地撒的那泡尿吗？于是来了兴致。

潭还是那个潭，毫无人性地绿着，没人知道它究竟有多深，有村民拿十来米竹竿往底下插，竿子轻飘飘浮上来，没落底。照过它的人已经成了老男人，地球引力对秋分似乎更为苛刻些，三角眉，脸皮、嘴角朝下耷拉得厉害，这张脸瞧过一眼便不愿再瞧第二眼。沮丧这东西很快会传染过来。他是老得发腐发臭的那种，咽下去的食物在五脏六腑来回转，没变血变精，全酿成了腐气，源源不断涌上来沉下去，四处寻找出气孔，从首尾两端毫无遮拦地往外冒，上头打嗝，底下放屁。这一切都在时时刻刻提醒秋分老了，没用了，老得跟他爸一样快要躺进棺材里，其实他才五十刚出头。

秋分记得他爸是六十来岁冒的腐气，一身臭鸡蛋味儿，近不得身，闻着会呕吐，除了他娘谁都躲他爸，谁又都躲不开。枯树桩样的大腿根冒出小黑点，开始米粒大，接着跟打电钻似的，越钻越深，越钻越大。秋分去溪坑挖螺丝，他娘就捣碎包在布里往他爸腿上贴，他爸杀猪般地嚎叫。但没多少用，窟窿仍然越来越大，而后都看得见森森白骨。他爸身子烂了，嘴巴没烂，躺在床上挨个骂，骂祖宗八代，骂婆娘、儿子、儿子全家，骂村上有名有姓的人，连一贯信奉的祈雨潭也不放过，好像别人造孽，他在替人受过。去医院诊断是糖尿病，秋分很不理解，这病名起得咋这么好听？莫非掬把尿还能喝出糖水味来？祸害起人可是眼都不眨一下。

山风瑟瑟，瀑布的水柱蛇腰般左右摆动。秋分在潭边站定，分开两条瘦腿，腿抖得厉害，尿滴了几滴，完事了，别说当当响，连沙沙响都没有。他凝神屏息挤出一滴，挂在命根子上，没往下落。人老，尿也跟着老，秋分很生气，恨不得拿鞭子抽自己。但没等他动手，他的后背立马重重着了一鞭，一阵揪心的凉，秋分差点栽进潭里。一扭头，立冬正挥着藤条搓的鞭子，狠狠朝他抽过来。嘴上骂骂咧咧："兔崽子，逮着你了！"

秋分来不及提裤子，腿一软，扑通一声跪下。鞭子悬着没有落，像他最后一滴尿没有落。他伸出双手，抖抖索索去摸立冬沾满泥的裤腿，里面的皮肉很坚实，再摸，还是很坚实，跟触到溪坑里的石头一样。

"好玩？"立冬问。

"不好玩。"

"真不好玩？"立冬又问。

"真不好玩。"

伴着凶恶的寒气，鞭子"啾"的一声在秋分脊背划过。连同后颈脖割出道新鲜的痕，秋分愣是没感觉到疼，只是血液凝固的冷。"兔崽子，没一样学好，尽干伤风败俗的事。"

立冬边抽边骂，边骂边喘。秋分隐忍着，握紧拳头，终于愤怒了，对着潭吼道："你死了！"山谷空荡，声音不断回响，有无数人在应和："你死了，你死了。"一时间立冬被震住，定了定，同样对秋分吼道："你死，我就死。你不死，我就不死。"两人豹子般的吼叫在林里回旋，碰撞，纠缠，久久不息。

　　立冬终于累了，扔了鞭子，跌坐在地上，一团烂泥似的慢慢歪倒下去。鞭子是长在立冬身上的第三只手臂，在秋分身上留下道道疤痕，这疤痕长在肉里刻在骨里。没了鞭子的立冬，秋分不再害怕，上前想扶起他，刚才触摸到的结实是幻觉，软搭搭的才是真实的立冬，秋分心想。扶不起，就索性丢开，任他贴伏在潭边岩石上，自己在距离一手臂远坐下。立冬缓过气来，斜着眼看着秋分，那眼神像是第一次看见秋分，开口说："你老了，跟我老得一模一样。"秋分没有回答，也不知道怎么回答。人老了不都一样，有什么区别，自己都嫌弃自己。立冬说冷，把身子拖得离秋分近些，见秋分躲开，又不动了，用手招呼秋分靠近。秋分觉着烂泥样的立冬丑死了，胳膊不是胳膊，腿脚不是腿脚，嘴巴、眼、鼻子歪斜一边，像被强行压扁，跟平时威风凛凛的立冬完全两样。

　　两人坐在潭边，沉默着，谁也不先开口说话。秋分感觉到立冬身子和自己一样没热度，即便靠在一起，谁也温暖不了谁。水柱不紧不慢、不依不饶落入潭中，鸟停止了鸣叫，山林睡着了。立冬盯着绿镜样的潭水，说："我也朝里撒过尿。"秋分转过身，像第一次看见立冬，试着问了句："不怪我？"立冬没有答话。怪谁？病折磨他，他折磨家里人，一个死扣子，只有他解脱了，家里人才跟着解脱。兜兜转转一辈子，到头来容身就一小盒子，憋屈得很，胳膊肘都展不开，先前还有七尺薄板呢。立冬伸出手，想摸摸秋分脊背上的伤痕，那伤痕纵横交错，蛇样趴着，难看死了，可他硬是没够着。秋分就坐在身边，两人好似隔着十里万里，近在眼前又远在天外。他说："你得学会躲。"秋分看着立冬，一丝暖，从未有过的暖流进心里。

躺了好一会儿，立冬用胳膊支起身子，挣扎着缩腿，先是撑起脑袋，再是骨骼，皮肉，最后整个人立直，抖抖裤腿上的泥。结实又长回到立冬身上，秋分再次怀疑自己的眼睛。见他要走，秋分拾起地上的鞭子递过去，觉着拿鞭子的立冬更像立冬。立冬没接，说："你留着，我用不着。"秋分说："我也用不着。"立冬没说话，再看秋分一眼，转过身，起脚朝深不见底的潭水迈过去。秋分浑身打个激灵，指着自己来时的方向说："路在这边。"立冬说："那是你的路。"

秋分在村口那株老槐树下止了脚步，四处张望，面前有两条路，一条往左，一条往右。往左是条灰土路，雾气腾腾，看不明辨不清方向，只有脚下几步看得见。仅凭感觉，秋分朝雾更深的地方走去，这里通往山外一个接一个的陌生地。

山是把折起又打开的蒲扇，条条折痕里盛满雾，层层叠叠，涂上糨糊一样。雾深处有座公交车亭，说是亭，实际就是块蓝牌牌竖在那里，上面标着发车时间，班车每天就一班，错过了得等明天。上了车，再转无数趟车，两个轮子、四个轮子、无数个轮子，把熟悉的山连同雾远远抛在身后。轮子把秋分从这里接走再带回这里。村里很多人都这样过活，平常得跟饭后溜达几圈消消食一样。走也好回也罢，秋分的口袋总是瘪的，整个人也是瘪的。光蛋就不一样，挺着发福的小肚子，提着大皮包，里面鼓鼓囊囊还挺沉，不知道装着啥，人没到老槐树，公鸭嗓子嘎嘎叫，全村老少都听得着，喝完奶刚睡着的婴儿也醒了。

　　雾织得密，遮天蔽日，稠得跟白粥一样。其实，用不着婆娘催，粥的稀与稠提前告诉秋分该上路了，都等不到灶里番薯煨熟。他就好这一口，生的熟的通吃，脆脆甜甜，粉粉糯糯，留在齿间，可以陪他走很远很远的路。这东西还命贱，石头堆里都能长叶生根，一坨一坨的，够喜庆。自打腰里生出疙瘩，他更狂吃，好像把番薯的贱命和自己的贱命加起来，能生出新的不同的生命。这玩意啥都好，就是腐气重，落了肚翻山倒海，两头拉风箱，放的屁又响又臭。

　　秋分伸出手，见不着自己的手指；抬起脚，见不着自己的脚趾。胳膊、腿稍一离开身体，就走到镜子反面另外一个未知的世界，比山外世界更加神秘、更加诡异，这是秋分从未经历过的。今天雾大，明天定是个艳阳天，可上了车，好天就看不到了。秋分特别喜欢躺在后山草坡上，那里冬日一片焦黄，春天一片碧绿，头顶蓝是蓝白是白，山峦看得很清，没有熙熙攘攘，四周静得能捉住风的尾巴。他固执地认为，这里的太阳也不是清晨升起，是夜里头趁人们睡着了，就悄悄潜伏下来，只等雾一散开，好似舞台大幕一拉开，化好妆穿戴齐整的角儿踩着鼓点移步上台，水袖一甩，两眼一瞪，精彩亮相，江湖霸主地位现出来，丁点不含糊。

开始他也很想知道山外有什么，后来就不想了。但别人走他也得走，没有目标，没有方向，云里雾里乱窜乱闯，有时吃了上顿没下顿。村民问秋分山外好吗，秋分总是摇摇头。村民明白了，山外有的是黄金铺的地，抠都懒得抠，活该穷。摇头归摇头，还得走。他走了，家里婆娘脸上有光彩，说话有底气，觉着自家男人和别家男人一样，倒不管他在山外做什么，哪怕是他如落在地上的碎石子任人踩任人欺。对秋分来说，某种程度上，走成了"光腚遮白纸"——以为有意义，实则没意义。脚最不会骗人，秋分的脚没停，照样加快步伐，得拐很多弯才能到达站亭，可心里指望车早些开走，那就不是他的错，是车的错，婆娘不会埋怨，他也能心安理得地多待一天。

秋分紧赶慢赶到蓝牌跟前，车轱辘在灰土路留下道新痕，班车锁进重重迷雾中，已消失得无影无踪。秋分脑子顿时一片空白，茫然地望望四周，眼前除了山和雾啥也没有，他不知道接下来该往哪里去。心里挺懊悔，先前怎么鬼使神差往右去了呢？一去一回耽搁好些时辰，该不会是在做梦吧？拍拍大腿，感觉不到痛，的确是在做梦，不然怎会见到死去的立冬？秋分想，立冬孤单躺着，估计是想出来透透气，想找人说说话，可村里人都得罪光了，只能找他这个儿子，一切都是冥冥注定的，逃脱不了。

回家是唯一的选择，想到错过这趟班车，能再看看明日的艳阳天，秋分心情重新开朗起来。这会儿工夫，路上行人多起来，影影绰绰，急急忙忙，近到身旁，秋分看清是村里人挑着青菜萝卜去赶集。集市就在另一个山头，秋分在家的时候也去，购些油盐生活用品。山里人就围着山头转，这山头的儿子娶那山头的女儿，这山头的女儿嫁那山头的儿子，像秋分他爸、他娘上年纪的人，一辈子就没走出过山头，死了还得老老实实躺在山头。自己好歹还走出去过，算不算比上辈人进了一步？秋分点点头，自我感觉良好，脸上堆起笑，热情地跟村里人打招呼，也就简单一句："赶大集啊？"村民闷头走得急，没听到，平日他们也这样，看见他跟没看见一样，今日秋分心情好，不跟他们计较。但他很快想到一个问题，挺棘手的问题，要是村民跟他打招呼，他该怎么应答？"出去啊？""嗯。"脚可是朝着回家的方向。"回来啊？""嗯。"身上背的可是婆娘新补的帆布包。

一个大个头从浓雾里冲过来，像从镜的反面猛地窜出，拖根长长的柴棍架在裆下，边跑边喊"驾驾驾"。秋分擦擦眼帘上的露，看清是立春。立春没见雾里立个人，直直朝前冲啊冲，秋分伸手想拦，立春自个先跌倒，标准狗爬式，柴棍摔出老远，嘴边磕出血来。他没哭，笑笑，一骨碌爬起来，拾起棍子重新架在裤裆下，"驾驾驾"冲进雾里。秋分在后头紧追几步，喊："别跑太快，别跑太快。"

立春一岁半会走路，模样有些怪，右腿迈出去要往里折，左腿跟着朝外转半圈，才能拼拢回来，开始以为是腿废了，更残酷的还在后头。长到三岁，腿神奇好了，整天在村子里跑上跑下，比鸟都快，村子不够大，就在通山外的灰土路上狂奔，还自作聪明拿木棍枯枝当马骑，那情形傻子都看得明白，可立春脑袋瓜子没和身子一块长，静止在了三岁的年华里。立春还不准他爸近身，妈归他一人所有，谁都不准跟他争，弄得秋分哭不得、笑不得、打不得。

立春不会哭，只会笑，笑得让瞧见他的人跟着笑，弄得全村人整日娶新媳妇似的乐乐呵呵，忘掉所有烦恼。

望着立春很快消失的身影，秋分呆呆地站着，叹口气，怪当初不够狠，往溪坑里一浸不就省心省事了。有一天自己没了，婆娘也没了，留下他独自一人怎么办？连碎石子都算不上，只是蚂蚁，蚂蚁样的垃圾，什么时候被踩死都不知道。自己不识几个字，秋分请人翻过宗谱，上面没记载哪个老祖宗是智障者，翻书的人说："谁知道呢，有智障者也不往宗谱里记，丢人现眼的事。"说来也有道理，去年村里修宗谱，秋分给立春上名字，不也没注他是智障者？再往后，立春成了祖宗，谁还能分辨得出？更无从查找了。秋分先前躺被窝里想，是不是朝祈雨潭里撒尿得罪了神灵，拿孩子来报复自己？可想到无从考证的宗谱，这份罪孽感便少了些。有时看着整天乐呵呵的立春，他也自我安慰，脑子好使又怎样，让他在快乐里躺着，躺一辈子也挺好。这样想来，心安了许多，甚至有点羡慕起立春。

又一个人影从雾的大幕后蹦出来，秋分开始以为是立春跑回来，仔细一看，吃惊不小，世上竟然有人与自己长得这么像，简直就是双胞胎，看他就像看镜中的自己。他爸可是到死都没透露还有个野儿子生在外头，连他娘也压根没提过，秋分上没哥姐，下没弟妹，正宗独苗。来人一头乌黑短发，发梢沾上白莹莹露水，身上背个崭新的帆布包，衣衫也湿漉漉的，不知是汗还是雾，看样子已赶了很多路，行色匆匆。他眼里闪着光，那光能透过眼前浓雾看出去很远，秋分由衷地羡慕："你真年轻，跟我年轻时一模一样。"来人没有答话，问秋分山外的路怎么走。秋分指着雾锁得很深的地方说："再往前走。"来人又问："你去过山外吗？那里有什么？"秋分很认真地回答："没有什么。"来人脸上显出不相信的表情，看了秋分一眼，继续朝前赶路。秋分见那人衣领后拖根长鞭子，一直拖到地上，随着他快步走扬起阵灰土。秋分想说什么，最终又没有说出口，低下头慢慢往回走，来人回过身子对秋分说："路在这边。"秋分说："那是你的路。"

已经走了很多的路，有窄有宽，有曲有直，秋分终于是乏了，困了，累了，身上还背着帆布包，风尘仆仆地站在自家门口。纸糊的窗子挂着一串红辣椒，他穿过的破球鞋被人鞭打似的躺在门边，屋里飘出熟了的番薯香，一切跟他出去时没什么两样。金窝银窝不如自家狗窝，秋分肚子开始咕咕叫，他抬起脚想进门，可门框不是磕着脑袋，就是抵着胳膊撞着腿，再怎么使劲都进不去。他着急起来，不知道该怎么办。这时，立春拖着棍子回来了，嘴边的血已结成小黑块，手脚、头发、衣服全是灰土。秋分见到救星一样，朝立春招招手，可立春愣是没瞅见，脏兮兮的手扒拉着门框，立春脸上挂起笑，转进屋里，理也没理秋分。女人手上停一下，听听没有动静，继续把豆秆敲得噼里啪啦响，黄豆一颗一颗从碎壳里蹦出来，像群孩子在她面前跳来跳去。

木质声音

凌晨三点，肖勤起来上卫生间，见儿子沈啸宇没在屋里，心像被蛇信子舔了一下战栗起来，莫名的不祥感涌上来。

　　锈迹斑驳的镜子里，一张略显浮肿的中年女人的脸，眼圈暗褐，眼袋贴层布似的耷拉着，包裹着的眼睛曾是那样顾盼有神，亦已蒙上灰白，像皎洁的月光被淡淡云层笼罩。往常，肖勤差不多这个时间点起床洗漱出门。回归正常的作息她反而不适应，生物钟得重新调整。这个年纪正处于更年期，突如其来的心悸伴随盗汗，睡眠又短又浅，梦被分割得支离破碎。她轻叹口气，想回床上再眯一会儿，经过儿子房间，发现里面亮着灯，轻轻推门进去，没人。被子明显没动过，阳台上也没人，肖勤急急回房摇醒酣睡的丈夫。

　　沈志强一骨碌爬起来，来不及穿拖鞋，跑进儿子房间。书桌前，两摞复习资料垒得老高，中间仅空写字的地儿，台灯旁摆张照片，照片里的男孩健硕阳光，穿着10号球衣，抱个足球站在草坪上。沈志强赶紧拨打儿子手机，是关机状态，儿子有晨跑习惯，两人穿着睡衣在小区转了几圈，不见踪影。

　　沈志强气喘吁吁地说："叫你别盯太紧，他已经不是孩子了，这下倒好。"

　　肖勤自言自语："三更半夜会去哪儿？有什么地方可去？"她隐约感到儿子是躲开了，夜足够藏匿和包容有意要躲起来的人。

　　这些天，肖勤发现儿子回来得越来越晚，有时超过半夜十二点，进门身上有股很浓的烟味。问他，他说是数学老师给他们几个同学开小灶。肖勤装作不经意地问："你们数学老师吸烟？"儿子说："怎么可能？数学老师是女的。"她越发揪着心，不是别人吸，难道是儿子吸？还是高中生呢，这还了得？！有一回，儿子换洗的衣服口袋里掉出张身份证，是个名叫于瑶、1986年出生的女人。肖勤看着上面的照片，在脑海里快速过滤，除了陌生还是陌生。儿子则一把抢回去，轻描淡写地说在路边捡的，忘了交给老师，显然是在搪塞她，肯定有猫腻。一家人围着餐桌吃饭，听她唠叨，儿子要么闷头自顾自地吃，要么"嗯啊哦"地敷衍几句，平日看着挺顺眼的孩子，开始变得隔阂生疏，这是肖勤始料未及的。

"要不咱们报警吧？"肖勤说。

"再等等，说不定去同学家了，明儿一早就回来，不要弄得紧张兮兮的。"沈志强说。

两人大眼瞪小眼熬到天亮。七点一刻，班主任打来电话，问沈啸宇怎么没来上早读课，今天是高考前第一次模拟考，很重要。肖勤赶紧说："孩子发着高烧起不来，替他请个假。"班主任很是疑惑，明明昨天还好好的。

家有高考生，又进入六十天冲刺倒计时，哈出的气都带着你追我赶的热度。肖勤本来在浦河街开早餐店，每天晚上九点就要歇息，这时候沈啸宇还在学校晚自习。她把红枣糕和牛奶热一热，放进保温瓶里，自己先洗洗睡了。凌晨三点起床出摊，儿子还在梦乡里，两人一整天见不着面说不上一句话是常有的事。高考可是头等大事，她思忖着把早餐店关了，在家专心伺候儿子。平日里都忙着伺候别人早餐去了，因为距离远又不顺道，爷俩从没来店里吃过早餐，肖勤有时多做些糕点带回家存冰箱里，任由他们自己打发。与丈夫商量，沈志强觉着没必要，现在学校老师、学生、家长个个神经绷得紧，越是刻意反而加重孩子心理负担，平常心对待就好。可肖勤觉着不仅早餐，还有中餐、晚餐，每一餐都是给儿子助力，其他的她也使不上劲，做父母的，一方面为孩子好，另一方面也是免得今后自己落遗憾。儿子成绩算不上特别拔尖，中上水平是有的，他就读的学校又是省级重点中学，开家长会时，班主任说过，只要能正常发挥，考上985、211重点大学不会有问题。

　　店关了娜娜怎么办？她是早餐店招来的店员，是个好帮手，比沈啸宇大一两岁，老家四川攀枝花。姑娘脸庞像向日葵，笑起来也像向日葵，扎个马尾辫，走路连蹦带跳，小嘴甜得会唱歌。肖勤思前想后，把她辞退了，重新开张难找中意人；白支两个月工资，肖勤有些不舍得。最后想了个折中办法，带薪放假两个月，薪水减半。娜娜爽快答应了，不干活还有钱进账当然乐意。如果肖勤有"后视眼"，估计得为这样的安排悔青肠子。弄妥当后，肖勤就在家一心一意照顾儿子，顺带照顾丈夫。沈志强是建筑公司工程技术员，平时出差多，原本一家三口各做各的事，各行各的路，现在转向变道，目光开始聚焦，又是聚焦一人身上，这就是拿凸透镜放太阳底下，容易擦出火花。

肖勤和沈志强分别给平常有联系的家长打电话，他们都说没见着沈啸宇，问出了什么事，夫妻俩赶紧说："没事没事，随便问一下。"哪是随便的事，大活人平白消失不见。家里一直顺风顺水惯了，两人面面相觑，理不出丝毫头绪来，"还是报警吧。"沈志强下决心。

这是肖勤第二次踏进街道派出所的门，上一回她人走到门口了，犹豫半天没进去。接警的是个年轻警察，询问什么时候发现孩子失踪的，可能会去哪里。肖勤特别不爱听失踪这个词，儿子明明是躲起来了，只是躲哪里他们不知道而已。警察做完笔录，让他们回家等，说二十四小时之后再无消息才可出警。肖勤说话都带哭腔："人命关天，要等这么久，出了事谁负责？"警察解释说："不好意思，我们得按办案程序走。"肖勤涨红着脸还想与他说道说道，沈志强把她拉出来，说报警归报警，别指望真起什么作用。萦绕肖勤心头的不祥之感又咕咕冒出来，几乎要把她淹没，吞噬，像个行将溺亡的人，她急于要抓住点什么。

有人注定是个不能闲着的，更不能闲着的时候身上有闲钱。娜娜没回老家，而是留在浦河街，两个月大好时光任由自己挥霍。这个川妹子虽说长得不是很漂亮，却是人来疯、自来熟，原本跟着肖勤凌晨三点起床干活，甚至要更早些，和面、发糕、磨豆浆，一直忙到差不多中午，多余的糕点中午继续卖，连轴转后，下午晚上都补觉。现在自由了，身边很快聚拢一帮四川口音的小后生小姐妹，喝酒、打游戏、蹦迪、唱卡拉OK，白天窝阁楼睡大觉，晚上出门活动，不到天亮不落巢。住宿就在早餐店后半间阁楼上，是肖勤专门为她隔出来的，店门是往上拉升的卷帘门，锁扣在地面，得弯腰才能锁上，炉灶、铁锅、旧蒸笼没啥值钱东西，娜娜有时懒得去锁。这些被隔壁卖轮胎的徐老板徐旺看在眼里，记在心里。

徐旺人长得瘦猴子似的，已有老婆、孩子，天天往脑壳上那一小撮黄毛上抹蜡，系个玫瑰红领带。他挣的是旧轮胎翻新贴牌的不义之财，仗着有几个臭钱花，围绕身旁的少妇"珠珠睄"，有丰乳肥臀的，有纤腰细腿的，岁岁花相似，月月人不同，春风得意得很。少妇总归油腻有余，清纯不足，于是他把目光瞄向青春洋溢、热情也洋溢的娜娜：今个送杂牌防晒霜，明个送仿冒檀香木梳，天天来店里吃早餐，吃好后赖着不走，跟娜娜谈人生谈理想，夸她跟一个名主持长得像。娜娜笑成了一朵灿烂的向日葵，嘴碎得跟葵花籽似的，一会儿徐哥，一会儿旺叔，叫得徐旺心花怒放。肖勤知道徐旺心思鬼得很，替娜娜提防着他；徐旺像盯上猎物的豹，在草丛中蛰伏下来，等待。

一个月黑风高的夜晚，徐旺毫不费力地摸进小阁楼。昼与夜纠缠的微弱光亮透过窗格，照在娜娜坚挺的乳房上，白晃晃的，被子滑到腰腹，两条白晃晃的大腿，一条挂在床沿，睡姿撩人。徐旺像狗见到鲜肉，呼吸急促，热血在体内窜上窜下，艰难地咽下口水，褪去衣物爬上床，朝着猎物狠狠碾压下去。睡梦中的娜娜被压得透不过气来，扭动身子挣扎着，醒来即刻明白眼前发生了什么。伴随着一声划破黎明前黑暗的尖叫，徐旺脸上留下几道指甲痕落荒而逃。

娜娜没受过这样的欺负，整日以泪洗面，躲阁楼上大门也不敢出，卷帘门锁得紧紧的，死死的。肖勤得知后气得浑身直打战，早知徐旺不是什么好鸟，自己离开没几日，他就不安分，欺负娜娜就是欺负她！更埋怨娜娜有家不回，出了事还不得她给兜着。肖勤心急火燎地跑到轮胎店，扯住徐旺光鲜的领带，要去派出所报案。徐旺吃主动送上门的"蜜桃"吃惯了，以为娜娜得了他的好，定是郎有情妾有意的两厢情愿，甚至自作多情地以为未上锁的卷帘门就是娜娜特意留的，万没想到这个川妹子辣得很，没咽下去反倒卡喉咙里。事情闹大了，他落不得好，要是被他家"母夜叉"老婆知道了，保不准只会"户外蹲"。

挤出一滴鳄鱼的眼泪后，他央求肖勤。

"肖姐，好肖姐，就饶过我吧，下次再也不敢了。"

"你还想有下一次！"肖勤从地上捡块轮胎皮朝他扔去，"我得替娜娜父母好好教训教训你这不三不四的'淫卵'"。

"又不是你亲闺女，犯不着生这么大的气？"徐旺脸皮厚得跟猪皮似的，"娜娜不也骚？整日穿个露大腿的超短裙。"

"是亲闺女，看我不扒你的皮，喝你的血。"

肖勤指着徐旺鼻子好一顿臭骂，骂过之后，跑去街道派出所，人也渐渐冷静下来，没进去，重新折返回来。娜娜毕竟是成年人，自己毕竟不是她父母，得听听她本人的想法。一个姑娘家被人强奸哪怕是未遂，传出去名声都不好听。见娜娜惊魂未定的样子，肖勤打算领她回家里暂住几天，这事她没和沈志强商量，也没和沈啸宇说，自己就做了主，把堆杂货的小房间清理出来，想等娜娜情绪稳定些，再送她回四川老家，留下尽添乱，家里的事已经够她心烦意乱了。

突然空降一个半生不熟的大姑娘，沈志强爷俩平时在家穿短裤衩晃来晃去，现在起夜上厕所得提溜个长裤，怕撞见尴尬。肖勤身边多了个说话的人，两人一起买菜烧饭，有说有笑的。自打娜娜来后，家里氛围变得轻松起来。沈啸宇晚自习回来，喝着牛奶和娜娜聊游戏、足球、港台剧，聊得嗨时，娜娜像下了蛋的母鸡咯咯笑不停。从他们嘴里蹦出的词语，肖勤听都没听过，年轻真好，自己好像没年轻就老了。她所有的青春记忆都被高考落榜带来的失意填满，做梦都是走到大学校门口了，脚下的地突然进裂，人掉进无底的黑暗。没几日，娜娜拿把崭新的檀香木梳梳头发，梳子散发幽幽的沉香，一问，又是徐旺送的，好了伤疤忘了疼。肖勤心想这姑娘真不长记性，得早点送她回老家，多一事不如少一事。一周后，收拾好行李，肖勤开车送娜娜到火车站，看着她踏上归程，这才长长舒口气。

等待中的每分每秒变得漫长和难熬，肖勤和沈志强扩大寻找范围，给亲戚们打电话，个个回复说没见着沈啸宇。他们平时少有走动，突然问孩子的事，他们也觉得奇怪。沈志强在乡下有间老房子，父母过世后很少去住，最多清明节前后回去一趟，他两个兄弟都在外打工，儿子断不会这时候躲乡下去。

"不会泡在网吧里吧？前一阵子他身上老有股烟味，还带着不知是谁的假身份证。"肖勤想起来，沈志强觉得有这种可能，对于孩子玩游戏，他不鼓励也不反对，持开放的态度，相信沈啸宇是个有自控力的孩子，偶尔放松一下也在情理之中，越临近高考，越令人窒息，这种压迫感他也经历过，学习得劳逸结合，逼太紧弦容易断。现在学校卷，家长更卷，有些家长担心学校食堂营养不全面，又怕耽搁孩子学习，中饭、晚饭做好特意送到学校，陪着孩子蹲大门口吃，学校后来明令禁止，家长就隔着围墙栅栏偷偷往里送，像送牢饭。

沈志强开着车，沿大街小巷一家家网吧寻过去，网吧大都大门紧闭，门上遮块脏兮兮的旧布帘，进去后一股呛鼻子烟味，昏暗沉闷，闪亮的屏幕前黏着一张张兴奋的脸，两眼通红，个个旁若无人。店主警觉地打量着沈志强他们，问一句答一句，冷冷地应付。接连跑了十来家，没寻见沈啸宇，折腾一上午，身子倦得很，肖勤瘫坐在座位上，胸口闷得难受，浑身虚汗淋淋，想哭又哭不出来。"该不会是被绑架了吧？"不祥的念头憋在心里，她终于说了出来。沈志强瞧她一眼，说："电视剧看多了吧，是你跟谁有仇，还是要我扮阔佬？"肖勤软软地说："现在学校霸凌事件这么多。"

肖勤跟别人没仇，跟高考有仇。她是当年高考落榜生，当时自觉无脸见人，不吃不喝闭关三天三夜，谁劝都没用，最后老妈把装口破碗的篮子放她面前，抛给她一道选择题：要么好好吃饭，要么滚出家门要饭，逼迫她从自我封闭中慢慢走了出来。如今大学校园遍地开花，好歹都有大学可上，可全国北大清华就这么两所，个个削尖脑袋往里挤，退而求其次，重点大学里的经济类、大数据分析应用热门专业，照样是千军万马过独木桥。她是不自觉把梦想移植到孩子身上，提前进入备战状态，甚至比儿子还要急切，像当初怀孕，摸着渐渐隆起的肚子，感受新生命在体内蠕动，满心欢喜又惴惴不安。她现在也怀着孕，怀着希望的孩子。

　　肖勤每天列出菜单，变着花样给儿子做好吃的，荤素搭配，营养均衡，一周之内不重样。母子俩坐一起吃饭，总得说点啥，唠叨来唠叨去就几句话："模拟考考没考？考得咋样？"开始沈啸宇还能好好回答，说往前挪了几名，肖勤挺开心，觉着有自己一份功劳，辛苦付出没白费。她在网上刷到，高考到最后拼的不是脑力而是体力，得有健康的体魄，她不认同，你让傻子去考，能考出好成绩吗？得脑力与体力都好，才会收获好结果。可她忽略一个事实，孩子心里也有个承受度，在学校负重前行，回到家想耳根清净一会儿。沈啸宇独自一人时就很清静，听听音乐跑跑步，玩会手机游戏，可现在的家妥妥成了课堂延伸版，走到哪儿，背后都有期待的热切的目光，像被一盏100瓦的白炽灯时时照着，疲惫的身心无处遁逃。

被问烦了，沈啸宇懒得搭理，重重关上房门不再出来。尽心尽职做老妈子竟然换不来儿子好脸色，肖勤不免郁闷。沈志强先前就不太赞成她这样做，安慰的话到嘴边成了不痛不痒的抱怨，令她更加郁闷。凌晨三点多钟醒来，肖勤看着身边睡得沉沉的丈夫，看着看着就看出了陌生，年轻时他额头发亮，头发乌黑，眼前枕边人发际上移两鬓灰白，嘴角在昏暗里划道弧线，紧抿的嘴唇里曾经蹦出一串串冷笑话，逗得她直不起腰来，如今一张口就是埋怨。

　　白天，肖勤整个人昏昏沉沉，头脑时而糊涂时而清醒，炖鲫鱼核桃汤时，以为没放盐再加一把，结果沈啸宇喝了一口，就哇地吐了出来，说还是学校食堂烧得好。肖勤再也忍不住："觉着食堂好吃，就别回来吃！"沈啸宇撂下碗筷拎起书包甩门走了。她鼻子一酸，怎么儿子浑身长刺似的？问不得，拍不得，捧不得，好不得。

　　"许是孩子真的累了，想要独自清静清静，知道人在哪里，是平安的，就随他去吧。"沈志强叹口气，抬头望着天，头顶被电线通讯线蜘蛛网样布满，几只麻雀站成逗号。"对了，查监控！"他突然兴奋起来，老同学在市交警大队，通过他或许能找出点线索。

　　画面回放到凌晨一点，肖勤整个身子朝前探，紧盯着大屏，生怕错过一分一秒，街道比平时宽出许多，除了偶有几辆出租车，几乎看不到人。凌晨两点二十六分，一个穿白色运动服的人影出现在兴宁街，左右环顾，走走停停，看样子是想打车，没打着车继续沿街朝前走，过红绿灯，右拐。肖勤"啊"地叫一声，捂住嘴，人影正是沈啸宇！她浑身颤抖，伸出右手触摸屏幕，像要把人紧紧抓住，不让他再从面前消失。沈志强拍拍她肩膀，肖勤感到丈夫的手同样抖得厉害。

人影消失一会儿，又出现了。这回走得很快，像在赶时间，最后消失在一排行道树的阴影里。视频快进，白色身影再没出现。按照行经路线，应当是朝浦河街方向去，浦河街有条穿城而过的浦河，河水泛黄发臭。该不会是……想到河水没过儿子头顶，肖勤不寒而栗。她呆呆地望着屏幕里空荡的大街，眼泪夺眶而出，三更半夜，儿子为何要离家出走？他究竟想到哪里去？现在人又在哪里？自己再怎么憋屈，都不想让儿子独自徘徊在深夜的街头，那孤独清冷的背影看着让人心酸心疼，她宁愿远远地看着，默默地陪着。

自从沈啸宇给抽屉落了锁，肖勤就知道儿子长大了，一个人的成长伴随着隐藏和包裹。可在她眼里他还是孩子，饭来张口衣来伸手。她端着热好的牛奶进来，儿子慌慌张张把手机藏进抽屉里说："妈，怎么不敲门？"肖勤平时也不敲门，儿子玩游戏从不避讳她。她装着没看见，把牛奶放下，说："早点休息，熬夜对身体不好。"沈啸宇不冷不热地说知道了。转天儿子上学后，肖勤整理房间，发现抽屉挂了只金色小锁，她盯着锁好一会儿，知道抽屉里有手机，手机里有秘密，只是她打不开。该不会恋爱了吧？她突然冒出这念头，觉着不太可能，谈恋爱也得选时候，学习都来不及哪有时间谈恋爱。

从 110 指挥中心出来已近黄昏，沈志强和肖勤疲惫不堪地回到家，一群孩子在小区游乐场的滑滑梯爬上爬下，叽叽喳喳。看着他们，肖勤心想，一家三口在一起就是件开心幸福的事，之前为何没想到，儿子三年初中三年高中，自己只顾着卖早餐，错过了他人生中许多的精彩。她的早餐店平时就两样，红枣糕和豆浆，夏天加绿豆汤，出笼的红枣糕摆在柜台上，热气腾腾，上面点缀着一颗大红枣，像女人的红唇，咬起来满口香。自己从未给家人做过红枣糕，等孩子上大学了，有工作了，找对象了，成家立业了，见面机会更少，高考是母子难得的相处时光，一切的努力更像是补救，却又是事与愿违。

肖勤熬了小米粥，沈志强说累了先躺一会儿。她独自在客厅里坐不安站不宁，脑子昏昏沉沉，感觉有什么事要发生，又不知道会发生什么。时针指向晚上七点，她觉得有必要给班主任打个电话，不知道什么时候能找着儿子，等警方估计也要到明天上午。拨通电话，没说几句，肖勤哽咽起来，班主任很奇怪地问："沈啸宇怎么啦？"肖勤说："他不见了。"班主任说："你们这些当家长的是不是过于紧张了，他不是好好地在教室里上晚自习吗。"肖勤不相信自己的耳朵，班主任说，"我刚才已批评过他了，这么重要的模拟考错过了，晚上要重测一遍，摸摸底。"肖勤这才相信是真的，赶紧唤醒丈夫告诉其儿子在学校呢。沈志强以为自己听错了，再次确定人真找着了，便打电话给派出所说案子撤销。沈志强对肖勤说："盛碗粥，饿死我了。"肖勤说："要不咱们去学校看看？"沈志强说："没有必要，老师说在肯定在，放学了自然就回来了，你就当什么事也没发生。"肖勤还是不放心，"真的能回来吗？"沈志强说："不回来又能去哪儿？"肖勤系上围裙，开始在厨房忙碌起来，沈志强问忙什么，肖勤说："我做红枣糕。"

前几日，她去文庙求签，抽了个上上签，听说她儿子今年高考，和尚领她到后院一棵大樟树前，上面挂满红绸带，写着各种祝福话语。和尚怂恿她也为儿子求一个，就一百元钱，她答应了，接过红绸带，写上：祝儿子沈啸宇金榜题名。然后，恭恭敬敬地挂在树枝上，红绸带在风中轻轻飘荡，她的心也轻轻荡漾，生活就是这样，期盼圆满，也就能活出圆满的样子来，这一点她深信不疑。

肖勤沾着粉，不停地揉不停地搓，手上的面团渐渐变得柔顺，光滑，屋里飘起一股酵母粉的酸甜味。沈志强坐在客厅看电视，眼睛却不时瞟着墙上的挂钟，竖起耳朵听门外楼梯的响动，儿子的自行车就锁在楼道口。十点半，沈啸宇开门进来，肖勤按捺不住想起身，沈志强用眼神制止她，她坐了回去。沈啸宇闷头进来，叫了声爸妈，回自己房间，里面有窸窸窣窣的声音。一会儿，他拿着换洗衣服进了卫生间，哗哗的流水声夹杂着手机播放的轻快音乐。肖勤热好牛奶，把刚出笼的红枣糕切成菱形小块，摆放在小碟上，周边搁了两片薄荷叶，她做得很用心，像在捣鼓精美的艺术品。沈啸宇洗好澡出来，沈志强招呼他过来看一会儿电视。沈啸宇迟疑了一下，擦擦湿漉漉的头发，坐在沈志强身边。肖勤把牛奶和糕放在茶几上，也坐了下来。沈啸宇拿起小块咬了一口，说："真好吃。"肖勤笑了，由衷地笑，她很想去伸手摸摸儿子浓密的头发，甚至像小时候那样把他搂在怀里，可这一手臂距离既近又远，把她与儿子的亲昵隔开。

沈志强尽可能把声音放平缓，像在问平常的一件事："昨晚去哪儿了？我们都很担心。"

沈啸宇说："同学老爸半夜被车撞了，我们几个去医院陪他。"

沈志强说："那也得与我们说一声，知道你没事，同学之间，互帮互助也是应该的。"

"我看你们都在睡，就没叫。"

坐了一会儿，沈啸宇说要回房间复习。夫妻俩跑了一天也累了，准备睡了，躺在床上。肖勤问沈志强："啸宇没骗我们吧？"沈志强说："肯定没说真话，幸好人回来了，又没少胳膊少腿的，你也不要多问。"

生活看似回到正常轨道。

肖勤每天照样列菜单买菜做饭，还研发出核桃藕粉羹，说吃了补脑，但凡对儿子学习有益，她都愿意去尝试。这时候哪个家长不在管不在拼？管吃管喝管成绩管心情。她比以前沉默了，与儿子说话都很小心，就怕哪里说错了影响他情绪，避免一切的节外生枝，平安度过高考期。前一阵子，沈啸宇模拟考排名掉了下来，肖勤晚上推碾子样翻来覆去睡不着。沈志强劝她："不用太在意，当父母要做配角，让孩子自己做主角，我们都太缺少耐心，恨不得替他们去走路。"

很快，有件重要的事情占据了肖勤洗衣做饭外的时间，她报了个高考志愿填报培训班，这是在她表妹怂恿下报的。她说学通后，填报志愿录取成功率更高，考分不浪费，现在高考志愿有八九十个，搞不懂的话稀里糊涂的。她记着儿子班级黑板报写着一句誓言：多考一分，干掉上百。真是血淋淋的现实，她得给儿子收获的每一分注入含金量，分尽其用。一问培训费要五千八百元，她有些舍不得，花这么多钱值吗？她本能地抗拒与沈志强商量，自己无论做什么，丈夫总是反对为多。犹豫再三，肖勤还是付了钱接受培训，想多学点，好给孩子当参谋。

培训班设在一个偏僻的宾馆会议室里，拉着厚厚的窗帘，里面亮着灯，五十来个座位差不多坐满了人，个个全神贯注，带着笔记本，老师说什么就在本子上记什么。一眼望过去，没有一个是学生，都是爸爸妈妈辈的，甚至是爷爷奶奶辈的。想想也是，现在学生都竭尽全力冲刺，哪有时间来。她这是未雨绸缪，无疑比大多数人抢得先机。

老师一看就是专吃这碗饭的人，嘴唇薄薄的，两撇修剪很有型的小胡子，脑袋一片"地中海"。他自称是未来职业规划的设计师，从业以来已帮助十多万名学生实现理想，跨进心仪的大学校园。他授课时，不准录像拍照，只准记笔记，进来前，手机统统被没收，让人有种神秘感和紧张感。开头几节课，老师灌输一个理念：认清现实，这个现实就是上北大清华的学生能有几个？要回归理性，精准用好考分，把握好人生的每次机遇。肖勤听得是热血沸腾。每天她把儿子送走后，就把自己送进了培训班。在这里，她结识了有着相同烦恼的家长，特别是作为妈妈普遍有焦虑情绪，和她们聊聊，心态平和了许多，这是肖勤学习之外的收获。她慢慢喜欢上这样的相聚，出门前把自己拾掇得漂漂亮亮，神采奕奕地来到宾馆，结束后抱一摞资料回家，生活又有了新盼头。她知道比考分更重要的是段次，学校历来录取的平均分值，综合核算录取概率有多少，填志愿开头要有一批冲一冲的学校，最后有一批保底的学校。

回家途中，车在等红绿灯时，肖勤从后视镜里瞧见一姑娘戴顶帽子，嘴里叼着烟，蹲在照相馆门口，低头笑着刷手机，向日葵的脸和向日葵的笑跟娜娜很像。手机真是个好东西，有了它，独自对着笑上半天都没人觉着你是个傻子。夹在车流里的车没法停下来，她以为看错了，自己送娜娜上的火车，这么快就回来了？

吃晚饭的时候，她与儿子强调考分排名的重要性："高校分配到每省的招生名额有限，录取最终还得看排名。"接着自言自语地说，"我好像看到娜娜了，会不会眼花看错了？"沈啸宇正自顾自笑着给谁发微信，手顿了一下，手机背面贴着马拉多纳大头像。

"妈，这个谁都知道，还用得着说吗？"沈啸宇说。

"现在录取不仅要看学校，更要看专业，有高分数，才有更多选择空间。"沈志强说。

沈啸宇放下手机，说："看着你们做这做那，说话都小心翼翼，我在家里就是个累赘，我很讨厌我自己，知道吗？"

肖勤很惊讶："你有什么需要尽管说啊，我可以帮你的。"

"别管我，就是我最需要的！"

沈啸宇重重撂下筷子走了。肖勤鼻子一酸，感到做什么都没人理解自己，连倾听的耐心都在消失。

沈志强不知听谁说妻子天天去宾馆，还打扮得花枝招展，他特意拐个弯去宾馆大厅候着。肖勤推门轻快地走进来，手里提个资料袋，一身浅灰色套装，粉红纱巾，眼里闪着星星样的光，一改平常的邋遢。沈志强一时间竟然有些恍惚，仿佛看到了年轻时俏皮的肖勤。肖勤见着丈夫也愣了一下，忙解释说："高考填报志愿培训在这里呢。"沈志强问："要很多钱吧？"肖勤说："不用，就付点资料费。"她没敢说实话。

下课后，肖勤特意路过照相馆，还没到门口，就听到熟悉的笑声，娜娜正与柜台里一女孩说说笑笑。她往前一站，娜娜扭过头，笑僵在脸上。肖勤一把拉她到门外，问："怎么回事？回来怎么都不说一声？"娜娜红着脸低头不说话，被问急了，说自己压根就没回去，那天到火车站，看肖勤走了，转身就从另一节车厢下来了。肖勤感到被欺骗了想发火，又强忍着，说："你得跟我说一声啊，着什么急，店一开你就回来。"娜娜说："我才不回去，回去就是逼婚。"肖勤说："你才几岁啊，父母这么着急？"娜娜说："你不知道，老家像我这么大，早就选好对象，就等嫁了。"肖勤只知道娜娜是个没心没肺的姑娘，整天乐呵呵，没想还有这样的苦恼。天下做父母的都一样，有着操不完的心。她叮嘱几句就走了，半道上想起忘了问娜娜住哪儿，如果住店里，希望她这次的门窗一定要关紧锁好。

沈啸宇周末会去同学家一起复习，对肖勤说晚了就睡他们家，不用等他回来。肖勤叮嘱别太拼命，睡眠很重要。习惯了这种节奏，她也就随他去，不愿过问太细。管太严容易崩，这是沈志强告诫的。家里漾起儿子爽朗的笑声，上楼道也哼着歌，肖勤好久没见儿子这么开心，自己心情也大好，睡眠渐渐好起来。她还与培训班的妈妈们约好做套旗袍，颜色她都想好了，要绿的，祝愿孩子高考时一路绿灯。先前的焦虑更多还是她自身的焦虑，折射在儿子身上，折射在丈夫身上，当相处变成煎熬，彼此放过，各自安好才是解脱的办法。

清晨，肖勤打扫孩子房间，发现抽屉没上锁，打开，里面搁着儿子的手机，手机贴上头顶鸡窝似的爆炸头的马拉多纳，脸上挂着目空一切的笑。她拿在手里，犹豫片刻，又原封不动放了回去。

去菜场买菜，遇到早餐店相邻烤大饼的余大姐，好久没见着，彼此热情地打招呼。

"有段时间没见，气色好得很啊。"余大姐说。

"哪有闲情管气色？儿子高考，伺候都来不及呢。"

"好事好事，祝心想事成，高中榜首。"

肖勤心里熨过似的舒坦。这么多年，早餐店邻居成了朋友还是盟友，吃大饼的要来碗豆浆，吃红枣糕的再加个大饼，你中有我，我中有你。临走的时候，余大姐轻声对她说："看紧点娜娜，有个跟她差不多大的男孩，两人亲亲热热拉着手进屋。"肖勤说："有这回事儿？"余大姐说："我亲眼看到的。"肖勤心想，娜娜谈恋爱了？真要看点紧，再出点什么幺蛾子自己担待不起，这姑娘不是省油的灯。

一日培训结束，肖勤拐去早餐店。这么久没清理，也该打扫一下。时间过得真快，再过小半月就要重新开店。那时候，孩子一定考上了理想的大学，她也重新早起和面做红枣糕，一切都会回到原来的生活轨迹。

屋里干干净净，齐齐整整，飘出洗发水的味儿。肖勤上阁楼，娜娜才起来，正对着镜子吹头发。

肖勤问："打算出去啊？"

娜娜说："没啥地方可去，周边转多了，没意思。"

床上被子凌乱，肖勤一眼瞥见上面落个手机。马拉多纳大头像如此醒目，针一样刺着她的眼。顿时，胃部有股热辣翻江倒海，随时都会喷涌而出……

太阳的羽毛

第七十九个人问在看啥，积压起来的厌烦已达到顶点，按惯常，我开口定会作狮子吼："关你什么事！"毕竟人在屋檐下不得不收敛，腹式呼吸，深吸十秒，停顿，深呼十秒，然后，面带微笑，用静如止水的口吻说："看太阳的羽毛。"

　　疑惑瞬间切换成惊诧，走过，克制不回头。就这能耐，不用太费脑子，我都猜得出他在想啥，还八九不离十。头一回做贼，考试作弊不算，光明正大入侵别人的大脑，触摸别人的灵魂，我就乐不可支。随便说一下，我是典型的"灰"派，处在白与黑之间，懂得自我解嘲。自视甚高的人一般不具备这种优秀品质，这让我吉人自有天相。

　　大伙都在期盼低迷的股市出现拐点，至于什么时候到，谁也说不准。近段时间发生的事一桩接一桩，来不及咀嚼消化，像游乐园玩蹦极坐火箭，算不算我的人生拐点？不知道，有一点是清楚的，环境变了，人的适应能力得随之变，不然，路越走越窄。我向来奉行走别人的路，让别人无路可走。

　　说到坐火箭，我站的地方，抬头就看得见火箭，高耸入云，犹如擎天柱。你想多了，当然不是在酒泉茫茫戈壁，那地儿哪来那么多大活人。没错，我脚踏的大地曾被誉为改革开放前沿——深圳，火箭就是南山区那座外形古怪的大楼，对面一湾之隔就是香港。深圳本地人引以为傲，形容它是雨后春笋，搞得文绉绉的；外地人干脆叫它子弹头、玉米棒，好吃看得见。我左看右看，觉得它是枚整装待发的火箭，发号枪一响，"轰"地直冲万里云霄，特带劲。据说站在铮亮的落地玻璃窗前，可以尽情鸟瞰深圳湾海浪沙滩和穿三点式泳装的美女。沙滩海浪我认为是真的，三点式美女则说不准。想象一下，在三四百米高处朝下看，美女都成蜂窝大小，哪会看清两点还是三点，更无法辨别美丑。曾经路过火箭大楼，见进出的人西装革履，皮鞋闪亮，走路雄赳赳目不斜视，像披挂上阵的斗牛士。

许多人认为高楼是现代城市滋生的怪胎，说那是用混凝土浇筑而成的水泥森林，冷冰冰的。我反倒喜欢，因为楼高气派，有气场。现在我老家四五线小城纷纷仿效高楼林立，密密匝匝，搭积木似的赶着造楼，也是为增气场。城市有气场，生活在其中的人就有气场，瞧那些在高高写字楼里待的人，个子、眼界、胸襟都会随之延展伸长，气宇轩昂举止高雅，看人只睁半个眼球，把所有秘密藏在另一半里，这样的心灵窗户怎么都看不透。我也试过，眼部周围神经丰富，实在不好控制，总觉有股沙漠刮来的涩涩之风吹得要流泪，没长期耳濡目染刻苦的训练真达不到此等娴熟。人见到稀罕物，总本能地瞪大眼珠子，把无知傻帽的本真暴露在别人眼皮子底下。现在电视上有许多模仿秀，外形以假乱真，可一迈腿一张嘴就知道是假货，搞笑还差不多，因为没气场。这玩意可得身经百战练出来，众星拱月捧出来，岂止模仿得来。

正式介绍下我自己，黑西裤、黑皮鞋、白衬衫、蓝领带、印金色 logo 的贝雷帽，一身崭新行头，站在缀满花朵的紫荆树下，身姿挺拔，犹如玉树临风，没错，我是名保安，确切地说，是见习期保安。当然不是火箭大楼保安，在那儿当保安一定得显摆显摆，但我工作的大楼距离火箭大楼很近。下午四五点钟，它魁梧的身子斜过来，遮挡好几条街。我负责安保的这座大楼刚竣工，正进入内部装修阶段。建筑主体圆锥形，八角尖顶，一侧是半月弧形拱楼，像佩戴一柄把手，更像人手叉腰神气立着。虽然高度不及火箭楼的一半，但在住宅楼里算高了，甭管大厦今后叫金色港还是银色港，在我眼里它就是"茶壶"，也算应景，因为深圳人喜欢喝下午茶。

深圳和香港一样寸土寸金，房子造得有特点，围绕中心轴线四面开花，一个电梯出来，东南西北四扇门，各种朝向都有，看个人经济能力各取所需。朝北的，估计太阳一年到头都眷顾不到；朝南的也难说，这里楼又高挨得又密，喘息的空间都没有，更别说阳光普照。而茶壶绝处逢生独处佳境，太阳仿佛在这里找着歇脚点，光芒万丈，从早到晚自八角顶尽情铺洒下来，像吉普赛女郎跳舞时撒开的裙摆，又像孔雀开屏时丰盈的羽毛。冬日暖阳属于治愈系，我戴着墨镜仰头眯眼，接受它温柔的抚摸，顺便治疗一下因常低头而受伤的脖颈。这举动多少有点像行为艺术，行人路过有人问有人不问，有的甚至不由自主学我的样，抬头望望，像真看见什么似的，挺逗的。我的暂住地靠近港闸，不开闸的时候水就平胸深。人们知道淹不死，经常上演跳水秀。只要有人围观便知道又有人跳水。有一回，又围了里三圈外三圈，可左看右等没见人跳。后面问前面，前面问再前面，才知道是路人走累了在栏杆上趴着歇一会儿，没想呼啦啦围上这么多人。

深圳街头人的确多，晚上十一二点钟还跟白天一样，一群接一群背着包的年轻人、中年人看到红灯停一停，看到绿灯继续走，转一个弯再转一个弯，不知道从哪里来又到哪里去，蚂蚁搬家一样。三更半夜，我亲眼见几个老头结伴在街上溜达，其中一个拄着拐杖，背都快躬成九十度，时刻在地上找宝贝似的。这便是深圳的节奏、深圳的魅力。两个月前，确切地说是五十八天前，我也混在人群里，像无头苍蝇样四处乱窜，怀揣一本可有可无的职业技校大专毕业证书：戚大鑫同学已于2019年9月在本校茶艺与茶文化专业修完所有课程，准予毕业。我也想选电子商务、大数据技术等热门点的专业，可屈指可数的高考分摆在那儿，再说茶不就一片树叶吗，难不成还能研究成咖啡豆？于是，三年大学时光我就心安理得地尽情享受，谈恋爱、玩游戏、飙摩托车，过得挺拉风。系主任是个女的，苦瓜脸，一头清汤挂面的黄头发，爱穿镶蕾丝边的裙子，看人眼球就睁一半，同学说她清高，我倒觉得她是天生忧郁气质。估计没见过我们这帮染彩色头发、穿嬉皮士服装、戴耳钉的学生，平时除了上课，如避瘟神般对我们避之不及。你不犯我，我不犯你，彼此倒也相安无事，好歹没太出格，最终还是把毕业证混到手。同寝室山西来的哥们赤分太多，一把鼻涕一把泪地求系主任网开一面，又寒碜又丢人，毕竟被父母辛辛苦苦供了三年，回去能交差的货都没有。

大学是人生高光时刻，毕业后则是凤凰变成鸡。我跟朋友合伙开了个小茶室，也算是学以致用，专门聘来美女表演茶艺，结果遭遇疫情，连人影都没有，只好草草散伙。会哼几首军歌的退伍兵老爸前门都走不来，更别说后门。他特别喜欢《驼铃》这首歌，哼着哼着会流泪，数落起来没完没了，弄得我头不是头脸不是脸的。他训我的时候，老妈拿着把脱毛掸子在电视柜上掸来掸去，不时瞄我一眼，眼神跟系主任一模一样。估计女人都自带怜悯基因，可我那中西合璧的女友就没有。本来合计两人大学毕业自主创业搞直播带货，可计划没有变化快，她还没等毕业就跟一外国人跑去新加坡定居，甩人跟捡块石片打水漂，漾几漾就无影无踪。

　　在学校还有学弟学妹跟屁股后头，一毕业各奔东西作鸟散状，最多也剩朋友圈里呵呵了。没了这帮伙伴衬托，等于把我身上华美羽毛一根根拔掉，最终成了落汤鸡。我家毗邻一高档别墅区，从窗口看出去，有户院里杂草丛生，里面没住人，住着一群鸡。没看错，是一群鸡，还公鸡母鸡同居。有个老头会定时给鸡喂杂粮、菜叶、虾米，顺便把下的蛋捡走。公鸡天亮叫母鸡下蛋叫，整一个鸡群大合唱，邻居嫌吵得慌，联名向物业抗议，以不交物业费为威胁。但并没有什么效果。

　　我背起行囊拉着箱子独闯深圳，得益于大学哥们伸出的橄榄枝。他在深圳一家高档餐厅当领班，据说混得不错。社会才是真大学，摸爬滚打出来才叫真本事，我早就跃跃欲试。临出门，老爸哼起《小白杨》，我可不愿只是小白杨，要做就做展翅翱翔的雄鹰，去搏击蓝天。于是，深圳，我来了，感觉不是奔着一个城市去，而是直接奔着人生春天去。

动车刚到厦门，冬天已被远远甩在身后，丝丝春天气息扑面而来。等下了车，原来穿的厚羽绒服，身上就剩件短袖T恤，空气中氤氲着花的香气，闻着有点晕。这里植物无论高的、矮的、粗的、细的，喝了蜜似的都能开花，还开得五彩斑斓，与家乡冰天雪地、草木枯黄大相径庭。谁知随即一阵寒风刮来，立刻把我的满腔激情打回原点，像吃了夹冰的凉拌菜一样，瓦凉瓦凉的。原来，我那哥们汪京是跟班不是领班，一字之差谬以千里，在高档餐厅没错，跟一个戴白高帽的大厨在后头学厨艺，从最基础的拿刀切菜开始，得老老实实切一年。两人见着面寒暄没几句就吵了起来，我说："你是一个小跟班的，为啥吹嘘自己是领班？"他辩称和我说的就是跟班，不是领班，是我听差了。奶奶的，本公子还没到听差话的年纪。他一脸委屈地看着我，我知道他想说什么，一时语塞，又气又急，童言无忌当笑话听听罢了，还当真。小学有次开班会，邀请家长参加，主题是我的理想，同学们纷纷起立，这个说要当科学家，那个说要当宇航员。爸妈们看着孩子，眼里满是骄傲和自豪，好像他们已经真成了那样的人。我个高坐最后一排，着急得不行，轮到时所有崇高的职业都被说了个遍，站起来支支吾吾，肚子饿得咕噜响，想到为了不让我胖，老妈总盛半碗饭给我，灵机一动，高声说："我长大要当厨师。"全班顿时哄堂大笑，老师也乐得一只手叉腰一只手支着讲台。独独坐我旁边的老爸没笑，低着头找东西，好像有什么掉地上了。后来发现，小学同学没一个真成科学家、宇航员、数学家，我在职技校除了主专业还选修了两学期厨师专业，这是实打实的。

油烟冲天的后厨不是我的理想之地，凌云壮志地来，总不能到此一游即掉转船头，不然老爸的歌白唱白送了。躺在汪京租的半地下室里，透过窗子，见无数双鞋在地面移动，匆忙杂乱，皮鞋、运动鞋、高跟鞋，鞋子总动员似的狂奔。我很快加入这场乾坤大挪移中，却是漫无目的、犹犹豫豫的样子。商场、写字楼、旅行社，一次次进门一次次被婉拒，有些干脆直接被撵。毕业证书已被我捂得发烫，可有什么用呢？自己都不好意思拿出来。求职的时候，有本985或211烫金证书比我这大活人站在他们面前都强，这是现实。人生下来是间毛坯房，得往里砸钱装修。学校是庞大的装潢公司，按设计好的模板流水线作业，从流水线上出来是什么产品自个说了不算，得看学校给出的分数和评语，高低立现。高档和低档的区别就是金灿灿证书里的那张纸，那是可上墙的画，油画、国画、水彩画，显示主人身份高低和鉴赏水准。我评价自己最多算是半成品，切割机企图把每件产品棱角毛糙全切掉，轮到我时要换刀片，生生地给晾边上漏掉了。

单凭青春洋溢的脸无济于事。这张脸在别人眼里就是场模仿秀，显得无知与可笑，回馈诚恳与热情的，仅是吝啬得不愿睁开的眼球。我不停浏览招聘网页，门槛高得望尘莫及，低的是些搬运工体力活，真是高不成低不就。站在莲花山公园制高点，我的正前方是南方，是深圳市中心轴线，两旁高楼林立，车水马龙，视野十分开阔。公园里金樱子、三角梅、紫荆花开得旺，一只长脚鸟优雅地漫着步，无惧人来人往，一群老太太在凉亭里和着音乐翩翩起舞。我想起老妈，估计这时候也在老年大学跳新疆舞，化着浓妆戴着假发，自以为像青春美少女。

坐在凤凰木下的石条上，暖阳展开羽翼覆盖着我，已经有夏天的燥热，一口冷面包就一口矿泉水，我咀嚼着自己的未来。未来不来，哪还有未来？初涉社会的年轻人要是标榜积累人生头桶金一百万，九十九万可能来自父母赞助。剔除这个，几近是"裸奔"。一群着蓝色校服的中学生叽叽喳喳爬上来，围着棵长得大象腿样的怪树拍照。仔细一看，这树果真叫象腿树，很是形象，要是能有这样的大象腿抱就好了，慧心生灵性，万事皆安。同学们拍好照，呼啦一下散开，开始玩手机。有那么一瞬间，我羡慕起他们来，一心只读圣贤书，不用为找工作发愁犯难，可惜这美好时光太短暂，太经不起浪费。

白天四处乱窜，晚上回到地下室，闻着汪京一身油腻味，听着他如山洪般的鼾声，我彻夜难眠，想想人生落魄也不过如此了。打道回府的念头冷不丁冒出，又被强压下去，灰溜溜回去薄面往哪里搁？不说别人，老爸的吐沫也会把我淹死，从小到大，他总想把我扭成他想要的样子，不断把大义凛然、刚正不阿这些往我头脑里灌，没想到我硬得像石头，犟得也像石头，砸得稀巴烂还是块石头，大小不同而已，始终没让他找着缝隙往里灌，完全遵循天性野蛮生长。他从花鸟市场抱棵蜡梅回来，摆在阳台当祖宗照料，好好的花被铁丝扭得七倒八歪，说是造型。这跟缠在我身上没什么区别？我偷偷把铁丝给剪了，结果挨了顿打。蜡梅至今活得好好的，年年花爆满。

天将降大任于是人也——我暗自打气，我是何材？大任何时降？没个准儿，就像变幻莫测的股市，天王老子说了都不管用。想走别人的路，没想到别人个个儿是狠角儿，把我的路先给堵了。在家落汤鸡还是只鸡，在这儿成了流浪街道的小瘪三。手机里钱包从三位数成了两位数，眼看着要变成一位数，这还是老妈私底下接济我的。挣扎等待，再等待再挣扎，"花有重开日，人无再少年"，我的眼睛估计也和系主任一样开启忧郁模式。不然，街心公园那只流浪猫何故多瞄我两眼？世间万物都同病相怜。

谁能想到，竟然是一张纸片成了救命稻草。它贴在建设工地外墙，我天天从那里过。这天正好擤完鼻涕没处擦，纸被风吹翘一角，我随手一撕，擦完了揉成一团准备扔，"招聘"两个字跃入眼帘。便是这张纸把我带到一栋红砖砌墙的矮房前。有点像港片里的布景，深圳用这样的旧房子办公的不多，完全被高楼罩住，高德地图显示它就在附近。我愣是转了好几圈才找着门，一缕金色阳光从旁边拐角漏过来，照着扇木质门，推开还会咿呀响。我对这家公司心生好感，门面都是要装的，如此低调，来源实力与自信，也有可能是家破落公司，与我目前境遇相吻合，这让我陡然信心倍增。负责招聘的人名叫筱含宝，披肩长发，走路扭胯，说话带嗲，见到我眼珠子都快睁出来了，一副傻帽的样子，甚至对我有些相见恨晚，让人莫名其妙。我后来才知道他是个男的。

有必要申明一下，除了讲义气善自嘲，我这个人最大特点就是长得酷，不是帅。帅是一眼看得透的面子，酷则重于里子，是着装、谈吐、举止由内而外散发出来的时尚气质。我是带点痞性的那种酷，男人不能太老实相，又不至于真像痞子，这个度被我中正挺直的鼻梁拿捏得死死的。就鼻子与父母迥异的问题再啰唆几句，老戚家、老妈家，连同表哥、表姐、堂弟、堂妹都是圆鼓鼓有福相的大蒜鼻，就我不同，我对天发誓没往里注射玻尿酸、植假体，没法给出让你满意的答复。生不由我控制，如同死不由我控制。这话不是我说的，是一位诗人说的，忘了他叫啥名字。

一同应聘的除了我还有两个人，一个是退伍士官郑志文，一个是在大街上发小广告的推销员。现在流行发朋友圈公众号，他失业了。保安是门面，公司是经营房地产的，外貌成重要衡量标准。面试结束，我与郑志文留了下来，推销员被淘汰出局，人生有许多相遇即分离，根本来不及也无须记住彼此。郑志文刚从部队转业，说话做事一板一眼。我怎么看有些像我老爸的翻版，跟他一起只会感到拘束压抑，不太能玩到一块。倒是筱含宝特腻歪特有趣，我的到来让他"春心"萌动，不辞辛劳拉着我逛万象城、游华桥城大侠谷，还去唐宫一号喝下午茶。第一次靠在高楼全透明玻璃窗前，车水马龙全在脚下流动，参照物不一样，远处火箭也不那么高不可攀了。眼球只有朝下，才知道自己身处多高，高得没有界限，高得可以脱离地球，高得晕乎乎。妆容精致的服务员端上各色精美点心，烤乳鸽、鸡汁汤包、杏仁核桃酥，据说这店是香港人开的，在茶点界算是天花板了。邻桌坐着对老夫少妇，男的穿大红大紫，扮得很嫩，眼镜都是大红边框；女的肤白，五官精致，戴顶法式帽子，胸前一串长珍珠项链，不停夹点心送进男人嘴里。男人张口接着，自己有手有脚会动弹，却心安理得地享受，那才叫生活。我们又逛了万象城，一些我根本没见过的国际大牌都在这里汇聚。以前真是太孤陋寡闻，不出来不知道世界之大。这越发让我铁了心要在深圳扎根下去——发不了财，沾点酷气也很有必要。站在窗边，阳光一根针一根针似的穿过修长五指，离梦想终于又近了一步。我安慰自己，这仅是雄鹰起飞前的艰难滑行。工作有了着落，我打电话给老妈，说在这边过得很好，让她放心，具体没说自己做什么，还是不说为好——老爸没勇气对他的老伙计讲儿子在深圳当保安，不说反倒让他心存幻想。

　　我与郑志文隔天换一次班，一班就一口气值二十四小时。因为现在房子还没正式交付，进出的除了工人还是工人。请的是深圳本地一家专业装修团队，每天早上七点半，上百号人呼啦啦从岗亭前进去，下午五点半呼啦啦出来。水电、木工、油漆工，听口音天南地北都有，大团队一般设计水准高，按工序不同分包具体实施，装修质量得靠监理水平和管理能力。我自觉与这些装修团队保持距离。保安也负有监管职能，定时巡查收工后的大楼水电是否正常关闭，有无安全隐患。另外，我自觉与他们还是不同的，他们完工了开拔挪地方，我能留下来欣赏烟火气里的风景。

大城市房子是精装修，拎包即住，不像小城市还延续毛坯房交货，早装修早住进去的人不得不忍受左邻右舍整天叮咚敲。一般新小区有个不成文的规定，只要一家未装修完，电梯里的保护木板都不能拆，弄得每次进电梯像关进猪笼里，没丁点新房的感觉。茶壶最先装修完工的是三楼一套样板房，明亮简洁且时尚感十足，很适合年轻人口味。工人走的是楼梯，与其他施工层隔离。收工后，偌大高楼每层都像被打过劫一样，腻子粉、油漆、木饰、电线、钉子拆开的包装盒扔得满地都是，有股难闻的呛鼻味，而抽水马桶、空调外机、电器设备则还没安装好。我小心行走其间，冷不丁有木板滑落，在空荡中久久回响，会吓人一跳，但不妨碍我欣赏室内和看窗外风景的心情。一个电梯出来，随便打开哪扇门，朝向不同，户型结构面积不同。在杂乱中，我沉浸其中，能随心所欲地展开设计：这是客厅，这是敞开式厨房，可以做美味西餐，还要装一个游戏间，全封闭的。人有时很奇妙，走到哪里都能找到客房，但永远只是房客。

来看样板房的人渐渐多起来，以组团为主。这是公司营销团队策划的成果，也是保安比较忙碌的时候。我和郑志文一起值班。这些人是茶壶潜在的主人，不容小觑，同时也要提防他们误入施工区，杂乱的施工现场容易影响参观者的体验感。又有一批观房团莅临，乘坐公司的大巴，在岗亭前停下，我和郑志文朝他们毕恭毕敬地敬礼。他们有的看见了便朝我们点头微笑，有的看见也当没看见。有个打扮时髦的女人落在队伍后头，左手一只手机，右手一只手机，左手腕戴手表，右手腕戴串玉镯，小拇指则是亮闪闪的钻戒。她开始是打电话，叽里呱啦说，后又玩自拍，对着茶壶不停换角度拍，还站在门亭两棵千年古树前拍。我发现，不管从哪个角度，我都在她镜头里避不开。终于跟上前面的人，自动门合上刹那，她回头朝我莞尔一笑，我赶紧对她报以职业微笑。这一笑，理想照进了现实，僵硬表情出卖了她看似精致饱满的脸。后来每次看房团她都在，对我已不只是笑，而是搭讪，我保持着职业该有的彬彬有礼。郑志文看出端倪，拿这事挤对我："脱下这身保安服，找个有房有车的富婆，人生少奋斗二十年。"从八角顶露出来的太阳像朵向日葵，我认真地说："在爱情上，我是有操守的。"郑志文哼的一声笑，说："骗鬼的操守吧？"

　　几次单独约会后，我拉住科技女伸来的珠光宝气的手，还是叫她真实名字吧——蓝菲菲，她喜欢别人称她为菲菲蓝，一个经营童装的离异女老板，正处在感情空档期。我的出现使她的生活变得精彩摇曳，像街上的树开满灿烂的花朵。公开场合我是她司机兼保镖。成熟女性身上该有的蓝菲菲都有，不该有的她也有，如同百变女郎，每每让人惊艳和欣喜。我陷在柔软无骨胴体织成的温柔乡里不能自拔，早就忽略她的面是假面。我自以为能做到保安、保镖两种模式的自由切换，但随着时间推移，越来越难以应付，顾得了这

太阳的羽毛

头，顾不了那头，这已经不是体力活那么简单。蓝菲菲劝我把保安辞掉，她养我一辈子。这个"养"字无疑深深刺痛了我：工作前被父母养着，之后又被女人养着，自己真成了被包养专业户，我脑子突然蹦出住在别墅里的那群鸡。

夜里值班，发现大楼中间一层居然亮着灯，在整片黑暗中特别醒目，估计施工人员走时忘了关。我打着手电筒在电梯口摁下按钮，可电梯迟迟未启动。平时层层巡查，坐电梯不如走楼梯方便，权当锻炼。我拐回到楼道口，空荡的大楼响起蹬蹬上楼的脚步声，胆小的话真干不了这活。当我的脚步迈上九楼时，分明听到有人在说话，是一个女的声音，很熟悉，接着是一个男的声音，两人好像为什么事情在争吵。这让我吃惊不小，收工后装修人员不允许在大楼内逗留，更不许借宿，谁会在这里？我放轻脚步，走得悄无声息，打开安全门。一户朝南的房子里，站着的女人正是蓝菲菲，她一身家居服，没化妆，没平日我看到的精致和苗条，正训斥坐在地上的男人。男人背对我，看不清容貌，从垂头的样子推测得出很沮丧。蓝菲菲不满足口头说，又操起没安装的灯泡摔在地上，灯泡碎片如雪花般绽放。男人下意识用胳膊挡脸。蓝菲菲还不解气，摔得更狠，脸严重扭曲狰狞。

我退了出来，重新回到楼道口，拼命往上爬，向上攀登，手电筒照亮不断延伸的阶梯，昏暗又明亮，曲折又笔直。楼梯就是备胎，紧急状况可以救命。我现在就在攀登这条救命通道，每个楼层混杂着不同的气味，浑浊，憋闷，让人几乎窒息。我渴望呼吸到清新的空气，想象是夸父在逐日，与脚下楼梯狠狠较着劲，爬得气喘吁吁，汗流浃背，不让自己慢下来、停下来、坐下来，一旦停下，便再也没有勇气继续前行。

终于艰难爬完二十七层台阶，瘫倒在八角顶下。这是我第一次以如此原始和虔诚的方式登到茶壶楼顶。站在这里，可以鸟瞰整座城市，伸手能触到火箭透体的灯光。它距离我仅一步之遥，风在耳边吹，吹得人晕乎乎，吹得发胀发热的头脑回归清醒。不久的将来，茶壶的新居民会搬进来，小区变得热闹，生老病死也好，悲欢离合也好，生活袒露着它平淡真实的一面。他们终究是他们，我终究是我，不是在最底层叹息，就是在最顶层哭泣，没人会在意，除了自己。

在这之后，我便决定离开蓝菲菲。她哭得梨花带雨，说不能没有我，完全是副失恋小女人的模样。我恍惚，哪个是真实的她，哪个是假面的她。我也离开了茶壶，应聘到火箭当保安，朝着理想迈进了一步。尽管没在茶壶了，仍与筱含宝一直保持着纯洁的革命友谊。我现在的女友也在火箭工作，是前台接待员，一个非常可爱风趣的女孩。我们租住在半地下室里，每天一起上班下班，偶尔会特意经过茶壶。有一回，见一个年轻人在茶壶下驻足，抬头，仰望，阳光在他青春脸颊涂上层金色。我问在看啥呢，年轻人回答："你不知道吗？我在看太阳的羽毛。"

渔

"咋样，成不成？"项华压低嗓音，絮絮叨叨的。

嘴皮子磨了老半天，见黄保根无动于衷的样子，项华再次伸出五根手指在他面前晃晃，手指油腻腻，又粗又短，像刚出锅的油条。

"兄弟，这个价！"项华咬咬牙。

黄保根坐在系缆绳的石墩上，两条腿悬空晃荡着，嘴上叼支烟，两片厚嘴唇"吧嗒"深吸一口，眯缝起鱼泡眼，朝天吐出一圈烟雾。渔港孤零零泊条木壳船，船体斑驳，在阳光下泛着白，船头两边各画一只眼，左边这只被礁石撞过裂开大口子，像是挂在眼角的一滴泪。

"你是吃了狗胆还是豹子胆？尽想着好事。"黄保根朝海里吐了口痰。

"大哥，求你小点声。"项华紧张地朝四下望望。起风了，浪吐着白沫撞向海滩。远处，一座坝基从陆地那头歪扭着朝他俩待的岛上延伸过来，像是用柴刀把海砍成两半，一时用力过猛，刀刃陷进去，只露出黑乎乎的刀背。工程车在工地上蚂蚁搬家似的蠕动。

"闲着也闲着，你又不着急上岸。"项华还不死心。

"要弄自己去。"黄保根把烟蒂朝海里一扔，起身拍拍屁股走了。

"这死老树桩。"项华讨个没趣，朝着远去的背影骂道。

五月的阳光有些火辣，黄保根身上裹着夹克衫。他边走边脱，见项华没有跟来，便放慢了脚步。东矶岛像把太师椅，椅背高耸构成屏障，两边平缓的斜坡是扶手，怀抱一片开阔港湾，这里停得下三十来艘钢构渔船。在黄保根眼里，待了大半辈子的岛就是鸟拉在东海里的一粒屎，屁大的地儿，一支烟功夫可以从东头溜达出西头，站在坡上喊个话，钻泥沙下的红脚蟹都听得清清楚楚。十多间平顶屋沿着山脚排开，爬山虎漫过屋顶，与岩石上的杂草连成一片。岩缝里，芙蓉菊挤出几簇灰色短绒毛绿叶，愣头青似的杵着。雨水流过的地方爬满臭鸡屎藤，藤叶搓搓有股臭鸡屎味，采来晒干是天然的驱蚊剂。

"老倌（台州方言，指老公的意思），快帮我收拾下，船就要来了，你耐得铁样。天天看海还看不够啊，死赖着不走，家里什么事不管。"瞥见自家男人踱着方步慢吞吞走，毕小花边抱怨边拢起修补好的渔网。她整张脸耷拉着，黑里透着黄，像块风干的橘皮，长年生活在岛上，海风像水蛭一样把她身上的饱满红润吸走，没了年轻时的水灵。

黄保根没理会她，走到门边从水缸舀了勺水，伸出脖子往脑袋上一淋，浑身打了个激灵，总算清爽了些。才歇下几天啊，浑身散了架似的，做啥事都不得劲，嚼在嘴里的饭菜也寡淡，老婆烧菜盐都舍不得放，海水做的菜也比她做得有味道。老黄狗一瘸一拐迎上去，周身毛发稀疏，两只小眼睛透着忧郁。

"饭菜焖锅里，烧饭米不要放太多，天热，冷饭放不长久。老酒少喝几口，尿样的有什么好喝，醉了吐了没人收拾。"毕小花小半年没上岸，回家心切，又不放心男人独自留岛上。

平常男人出海，女客人（台州方言，指结过婚的女人）就在岛上补网晒鱼干。东矶岛上的渔民像候鸟一样，没有婚丧嫁娶特殊情况，一年就上岸两趟，捕捞的海鲜由接鲜船直接运走。低矮潮湿的石头屋水缸、锅灶连床铺，岸上的家倒成了临时歇脚点。

"晓得，喝不死人。"黄保根嘴上答应着，心里烦躁，上年纪的女人真唠叨。

"晓俊……"小花见老倌沉着脸，话刚起头就收了回来。

大坝头，一艘驳壳船"突突"靠近，它每月往返一次，给驻扎在岛上的码头建设指挥部送柴、米、油、盐、淡水、蔬菜，卸了马上返回，遇到台风季，时间就没个准。毕小花身上背大包裹，两手提着鱼干，急急朝坝头走去。黄保根靠在门边，手搭在额头遮太阳。

船开远了，黄保根回屋猫腰从床底摸出瓶本地烧白酒，拧开瓶盖，仰头灌了几口。热辣从喉咙管涌进胸腔，刺激着神经瞬间活跃起来。墙上的破镜映出张四方脸，面庞黝黑锃亮，额上皱纹割绳刀刻上去似的，两只鱼泡眼眯缝着，遇到动静，立马睁开，如鹰眼发现猎物般闪亮，细长的耳朵能随时从大海咆哮中捕捉鱼汛。

黄保根在屋里转了转，拎起两只塑料桶，朝泊着的木壳船走去。

岛上开着家小饭馆，灰色外墙隐约可见"为人民服务"字样，地头空酒瓶堆成小山，门廊挂盏"海岛食家"红灯笼。

门口站着个女人，圆鼓鼓的脸长满雀斑，涂着一层粉，像滩涂晒的盐，有灰有白，腰间系条碎花围裙，胸脯撑得衣服随时要裂开，走起路来，两只大水袋晃荡着很惹眼。她是项华老婆，外号"大囡"，熟悉她的大大咧咧叫，不熟悉她的嬉皮笑脸叫。她应得又爽又甜，来的都是客，吃好喝好把钱留下便好。

"保根叔，到饭点了，进来吃点。"大囡眼尖，瞧见黄保根。

黄保根装作没听见，低头继续走，不太敢正眼瞧她。

"甭理他，去给我舀勺水。"在灶头忙着的项华说，"扔块骨头给跛脚狗，尾巴还对你摇三摇呢。"

"隔壁两户讲这种话，紧要时刻还不是靠叔，要不，你早见海龙王去了。"大囡翻翻眼珠，扔了条毛巾过去。

"两码事，他，怎么都讲不通。"

"请来喝几盅，不就成了吗？"

"成啥啊？女人就是头脑简单。"项华摇摇头，"晓得有事求他，端个臭架子扮得很。"

饭馆里光线昏暗，空气混浊。长板桌排成两长溜，挂墙上的电视机播着新闻，屏幕不时来点雪花飞舞，三个操东北口音的壮汉边吃边聊。东矶岛要建万吨级泊位码头，工程浩大，上千工人来自四面八方。岛上除看天上飞的鸟、脚下涨的潮，没啥好的娱乐项目。太阳落山一收工，大伙就爱往这里凑，点一两样小菜，抿几口小酒，吃到最后就一碟花生米，眯起微醺的眼，盯着大囡进进出出，见她李大哥、王大哥叫得亲，完了，摸摸嘴巴拍拍屁股，钻进铁皮工棚倒头便睡，天亮起来照样干活。

"呸，什么东西？！"

项华闻声连忙撂下勺，从灶间跑过来，见一络腮胡汉子指着面前红烧鱼头直瞪眼。

"项老板，什么烂死鱼都端上来，瞧不起俺们不是？"

"哪敢，哪敢！"项华递上烟，赔着笑脸。

"你自己闻闻。"络腮胡一只脚踩在凳上，把盘子递到项华鼻底下。项华心知肚明，冰柜里是些陈年旧货，岛上的电时断时续，东西化了冻，冻了化，搁再多葱姜都盖不住腐臭味儿。

"这不是胡大哥吗，有话好好说嘛。您整日累死累活，为民造福，我们好好招待都来不及，小店不得靠兄弟们撑着？"大囡挺着胸走过来。一串话从她嘴里蹦出来，像刚出锅的酸菜鱼热乎又酸爽。

"俺老家来亲戚，我想让他们尝尝鲜……"

"胡大哥亲戚就是我亲戚，这顿饭当我请了，吃好了直接走人。"大囡咧嘴一笑，脸上粉噜噜往下掉。三个汉子果真一点不客气，嘴一抹，大摇大摆地走了。

"就你大方，便宜了这帮家伙，爱吃不吃，鱼刺都没得吮了。"项华跺跺脚，朝地上吐口水。

"省点力气，想想怎么办吧。"

黄保根解开缆绳，把船往外一推，借势跳上来，船绕出港湾。岛背面有个水坑，常年不干涸，是渔民的汲水点。半个多月没下雨，太阳整日红彤彤挂着，海风吹在身上黏糊糊的。黄保根靠上岸，不着急取水，脱了衣服，一头扎进海里。海水很凉，游了一会儿，感到胸闷，浑身乏力，喘着粗气爬上船，穿好衣裳，坐船头点上烟。海水如同鱼鳞闪闪发光，远处，打桩机传来咣当咣当声。在台州沿海一带，黄保根算得上是渔民中的大哥大，只要出海令下，他家"老伙计"——气派的钢构大船打头阵，其他渔民船只八字排开跟后头，雄赳赳气昂昂驶出好几海里。早年东海里的黄鱼、石斑鱼、鲈鱼、带鱼一拉一大网，鱼倒在甲板上活蹦乱跳，渔民睡觉都能把嘴笑裂。现在换上铮亮的大船，配备探测仪、雷达，越开越远，捕上来的也只是小虾米，黄鱼几乎不见踪影。除去油钱、船工工资，如再遇到风浪船有磕碰，出趟海不但没赚头还得倒贴。黄保感到莫名烦躁，灭了烟，提桶朝水坑走去。荒草中，一群海鸟惊飞，欧欧鸣叫着在空中盘旋。

待在岛上闲着无事，黄保根拾掇起钓竿。项华走过来，手里捧着碗面。

"大白菜刚运来，水灵着呢。"

黄保根没搭理他，项华讪讪进屋搁下碗，屋里有股冷饭发馊的味儿。他转出来蹲黄保根脚边瞎扯，说谁又给渔船配了高科技家伙，几十海里内可以探测鱼汛。黄保根赌气不上岸，心里挺惦记"老伙计"的，机器零件得保养，该换的换该修的修，剥落的漆要重新喷一遍。这些细活得自己动手，交给船工真不放心。

"这帮'猢狲'嘴刁得狠，照这样下去，饭馆要关门。"项华绕了半天回到正题，皱着眉头，一脸苦相。

"关了好，迟早要关。"黄保根闷闷回了一句，"码头一建好，这片渔港也没了。"

"你倒好，当甩手掌柜，晓俊好歹大学毕业了。我俩孩子一个高中一个初中，花钱地方多，只能求你。"

"真是狗皮膏药贴身上。"

黄保根与项华同村，两人高中没毕业就跟着大人出海捕鱼，结婚生子给长辈养老送终，苦苦乐乐一晃都五十多岁的人了。大前年八月十六前后，项华渔船开出得远，返程遭遇狂风暴雨，海浪卷得半天高，船上油也耗光了，失去动力的船像片枯叶在海面浮浮沉沉，求救信号发出也没回应。项华包括小工十三个人穿着救生衣钻在驾驶舱里，个个脸色发青，以为小命要没了。紧要关头，黄保根驾船寻着他们。原来，他早一步上岸，听说项华他们还没回来，掉转船头就冲进暴风雨中，毕小花哭着求着也没拦住。风浪太大，颠簸起来两只船落差五六米，黄保根急中生智，把绳索抛过去让项华他们系紧，等风浪稍平些，再沿着绳索爬过来。一个年纪大点的小工没抓牢，掉进海里泡也没冒就不见人影了。黄保根拼老命把项华的渔船也拖了回来。鬼门关转圈圈，项华一病不起，躺了两个多月，病好后死活不肯再出海，小工伤亡赔了四五十万，家底也掏空了。他家小舅子给码头建设指挥部领导开车，头脑活络，怂恿他在岛上开饭店，说上千工人睡在铁皮屋吃着粗淡饭，打个牙祭也没地儿，保准生意会好。项华把船一卖，金盆洗手上了岸。

项华把一支"大中华"点着，笑眯眯递过去。黄保根接过来夹在两指间。

"我家永志说，那船接下来都不在的，人抽去搞什么评估了。"永志就是项华小舅子，渔民习惯称渔政船为"那船"。项华继续说，"就你那破木船，能掀多大浪来，装作钓鱼兜一圈，谁也不会在意。"

木船要不是用来补水，怕也会被赶进闸。黄保根心想，骨头要发霉了，浑身零件错了位似的，哪儿都不得劲。

"饭店有永志的股份，能坑我吗？百分百安全，你放心。"项华拍拍胸脯。

当晚，黄保根早早上了床，转来转去睡不着，闭上眼迷糊了一阵，拿出手机一看，才半夜十一点多。风吹得塑料纸糊的窗子刺啦刺啦响，他竖起耳朵，分辨出是股东南风。带洋流的暖风一刮，鱼群便跟随而来。黄保根再也躺不住。匍匐床边的老黄狗机灵地支起残腿，见主人窸窸窣窣穿好衣服，套上长雨靴，把网具往肩膀上一甩，拿起钓竿出了门。它跟着出去，被黄保根低声呵斥，乖乖折回来。

黄保根戴着头顶灯走得飞快，来到港湾，把渔具往船上一撂，发动船，木壳船"突突"几声闷响，猛地一窜，朝着开阔海域驶去。月儿镰刀似的挂着，大海透出深蓝色幽光，海风清爽，黄保根眯起眼，像鱼重回大海，浑身是劲儿。

开出七八海里，他熄了火，警觉地扫视下海域周边，把网具沿着船舷放下，白色浮漂上下弹跳。弄好后，支起把折叠椅，给钓竿装上鱼饵，一甩手抛了出去，头顶灯刚好照着鱼钩。海水轻柔地撞击着船舷，人像躺在摇篮里晃晃悠悠，黄保根很快犯起迷糊来。不知过了多久，手上拿的竿轻微颤动，他睁眼，见浮子上下抖动，没有立刻收竿，知道鱼还在试探，等浮子猛地往下沉，他赶紧拉起来，一条巴掌大的鱼扭动身子拼命挣扎，鱼身扁平，脊背尖尖，两只眼斜着朝上翻，模样怪异。黄保根正想把它扔回海里，见鱼尾长颗肉球，摸上去软软的，觉得稀奇，随手扔进桶里。

黄保根起身收网，网越拉越轻，知道没啥花头。果然，网里就几条手指粗的带鱼和零星小螃蟹。他长叹一声，一股脑地倒回海里。过了回瘾，身子轻松许多，回屋一落枕就沉沉睡去。黄保根梦见自己昂首挺胸站在亮堂的驾驶舱里，手把方向盘，"老伙计"箭般朝着蔚蓝色大海驶去，周围浪花点点，鱼儿上下跳跃。

"货呢？"项华站在床前，摇着他身子。

黄保根还沉浸在梦乡里。

"别装了，我半夜上厕所都看见了。"

"一边去，别扰我睡觉。"黄保根不耐烦地挥挥手。

"跟我玩这手。"项华以为黄保根把鱼藏起来，屋里角角落落转了两圈也没有。这时，搁门边的桶里传来扑通声，他凑近用脚踢踢，见条刀鲚样的鱼在折腾。

"就这？塞牙缝都不够啊。"

"有本事自己弄去。"黄保根这下清醒了，没好气地说。

项华重新折回床边，晃着手指头说："这个价，现收现付。这帮外地佬，困在铁皮棚里热死闷死都情愿，吃海鲜倒真会挑三拣四。"

太阳起得老高，黄保根懒洋洋地爬起来。老黄狗眯着小眼睛趴在门槛边，黄保根盛了点冷饭扔到它面前。它嗅了嗅没吃。他记起钓来的鱼，把桶拎到门外，鱼灵活得很，用手一拨弄，嘴巴一开一合，尾巴扇得飞快，小肉球在阳光卜通红透亮。忙乎大半夜就这活宝，现在"讨海"这碗饭越来越难吃，船越造越大，网越织越密，张网、拖网、围网，百样手段齐上阵，虾兵蟹将哪逃得脱，早被赶尽捕绝了。

屁股兜里的手机响了，黄保根一看是毕小花打来的，贴耳边喂了几下，滋滋几声什么也听不清。他朝缓坡方向走，坡顶有间破草屋，早无人住，屋顶被风刮跑，剩爬满野藤的墙，几级台阶通往空屋顶，站在最上面，手机信号会稍好些。

"老倌，你几时转回来？儿子的大事也不上心，摊我独个身上。"电话那头，毕小花絮叨着，"人相过了，模样挺顺眼。晓俊中意，女方也中意，两人聊得来。他大姑说有缘有缘，就是……"电话里又是滋滋音，黄保根踮起脚，把手机举得高些，"女方急着要用钞票，你看看。"

"当是卖海鲜做生意啊，开口就讲钞票。"一听又是钱的事，黄保根火噌地上来了。

"女方说她爸生病住院，急用钱。我让晓俊陪她去医院看看，她又不乐意。他大姑说，我们要表示表示心意，这样人会拴得牢。"

"口袋只剩两层布，你自个想办法。"黄保根一屁股坐在石阶上，想摸香烟，发现没带，扯了根野藤放进嘴里嚼。

提起儿子，黄保根就气不打一处来。老黄家祖辈靠海吃海，是地道的渔民之家。他五个兄弟姐妹从小吃着父母卖剩下的鱼虾，长得结结实实。晓俊之前还算争气，考上大学会计专业，真是祖上积德啊，家里有个跳出"渔门"的。黄保根脸上涂了鱼膏似的亮，嘴笑咧到耳朵根，请来厨师大办宴席，全村老少百来号人热热闹闹吃了三天三夜。毕业后晓俊进了当地一家加工厂当会计，但没多久就出现问题了，今天嫌工资太低，明天抱怨工作太无聊，没一地儿称心的，最后索性班也不上，躲家里玩游戏。更气恼的是，父子俩难得碰面，晓俊闷葫芦样的，只顾低头玩手机，和他说话爱理不理。"自以为大学生了不起，瞧不起一身鱼腥味的老爸？有种别花我的钱。"黄保根总是如此吐槽，毕竟他好歹是台州一带叫得上名的讨海好手，其他渔民得跟在他屁股后摸下脚料，看他家"老伙计"往哪里开，也往哪里开。大学四年，学了多少黄保根不知道，每月月底他手机准时出现俩字：爸，钱。到后来就一个字：钱。前段时间，他大姐给儿子张罗找对象，说早点成家就会好的。弄来弄去，最终回到钞票上。说起来，黄保根真是一肚子苦水，他觉得还是眼不见为净，见了要吐三口血。

黄保根坐了会儿，立起身，脚下台阶"咔嚓"一下，身子踉跄，差点从屋顶摔下来。孩子就是父母上辈子欠的债，能躲哪里去？进进出出，黄保根心里总惦记着这事。修理船只的费用还不晓得到哪里支，活人真是给尿憋死的。"要不要向项华借？很难张开嘴，昨日还是他求我。"黄保根嘀咕着。

今夜没有风也不见月亮，大海出奇平静。黄保根和衣躺床上。大海沉睡时也会呼吸，这呼吸就是鱼群。他决定晚上再出海冒回险。黑漆漆的夜给人安全感。这一回，他把船开到离岛更远的海域——两座小岛礁之间，往常他们捕鱼都从这里过，这一地带容易形成洄流，鱼群最爱在此聚集。岛礁上，夜宿的岩鹭黑压压一片，密密匝匝立在岩壁上，被黄保根头顶灯光一照受到惊吓，发出"咕咕"低鸣声。黄保根驾驶着船，把网呈环形放下去，然后点着一支烟，索性把头顶灯也灭了，往甲板上一躺。这一回，他连钓竿都没带。

约莫过了六七个小时，他决定收网。这回没有落空，带鱼、鲳鱼、虾蛄，少说也有二三百斤，还有两条半斤来重的小黄鱼。一股脑地倒进舱里，拉上帆布盖好，开足马力驶回，到达渔港，东方才露出一丝猩红。

进屋，黄保根闻到饭香，掀锅一看，蒸格上搁着碟肉丸子，还有一碗白米饭。"滑头鬼，还有点人情味儿。"黄保根饥肠辘辘，端起饭狼吞虎咽。老黄狗围脚下转来转去，他夹了颗肉丸扔过去。项华起来蹲门口刷牙，见黄保根背手晃荡着走过来，忙堆起笑脸迎上前："怎么样，有收成没？"

"动作麻利些。"黄保根朝木船努努嘴，"搬的时候用帆布遮好喽。"

"晓得介，就等鱼下锅了。"项华一听有货，兴奋起来，"你先坐一会儿，我做几样小菜，咱哥俩好好喝几盅。"随即朝屋里喊大囡给保根叔泡茶，并交代热几斤黄酒，加些姜丝红糖再打两个鸡蛋。大囡应声出来了，头发乱蓬蓬，胸前纽扣都没扣全。黄保根连连摆手说不用不用。

"你跟我还客气啊，小花不在，想喝多少喝多少。"大囡上前拽着黄保根进了饭馆。

酒滑过舌尖，热辣辣、酸溜溜、甜丝丝地滚落肚中，胸口便似揣个小火炉暖和舒坦，再佐以大囡蜜样的恭维话，额头冒汗，说话嗓门高，整个人如同浮在海面上。黄保根就爱这种感觉，腾云驾雾，把天当地看，把地当天看，飞的鸟都成了游的鱼。这时，黄保根也敢看大囡，她脸上雀斑淡了些，模样挺顺眼。

"还是年轻那会儿好，船一丼，往哪里撒网没鱼啊？大片大片的。现在真没多少花头，海就要被掏空了。"黄保根摆动着手，"不过，有我一份，有你一份。"

"以前跟你出海，现在跟着我干吧，开饭店，饿不着自己的肚子。"项华怂恿道。

黄保根又闷了口酒，两眼发亮："起网喽，起网喽，多爽快！就你胆小鬼。"

"听小花说，晓俊要处对象了，叔就有福气，等着明年回家抱孙子吧。"大囡在一旁插话。

"甭提那档子事儿。"黄保根挥挥手，有只苍蝇在面前飞来飞去。

"都五六十岁了，火气还这么旺。晓俊算给您老黄家长脸了！你在岛上盯一辈子，还不是一个臭渔民，能弄出什么响屁来？"

"臭，我愿……意，没有臭，哪来的香。"黄保根舌头开始打结，脸跟脖子一样红。大囡进里屋，出来后手上拿着一沓钞票，油光光的。项华把钱塞进黄保根兜里，黄保根推着不要。

"嫌少不是，兄弟感情要讲，钱也要讲的。男人口袋要装点，腰板才会直。放心，我不说，小花不会晓得。"大囡在一旁劝着。黄保根话到嘴边咽了回去，抓起酒杯，仰头往喉咙里灌，走出小饭馆，身子摇摇晃晃，脚像踩在棉花堆里。他哼起了歌，被风吹得七零八落。

歇了两天，黄保根趁夜色再次驾着木船出海，开出不久，隐约见海面有条船在移动，哪来的船？是"那船"！他心头一惊，赶紧掉转船头。差点掉坑里了，老滑头情况有变也不说一下。他系好缆绳，向家走去，老黄狗蹲在门口挡着道，他狠狠踢它一脚。

白天，黄保根带上钓竿提溜个桶，沿着岩壁小路翻过山。山后面有块开阔的海涂，奇形怪状的礁石伸进海里，潮水来被淹没，潮一退，红脚蟹、贝螺纷纷出洞，在海涂上爬来爬去。黄保根坐在岩边钓鱼，半天也没钓着一条，天边云压得很低，鸟贴着海面盘旋。

项华又在饭馆门口急急旋，海鲜断货有几日了。黄保根铁了心不愿再出海，叫他喝酒也推脱不来，每天提根破钓竿，太阳快落山才晃晃悠悠回来。"装什么装，越装越是心里藏着事。"项华嘴角都是水泡。大囡每天赔笑脸也累，她对项华说："反正没生意，关掉，上岸嬉去。"屋里又闷又热，项华半夜也没睡着，起来坐门口抽烟，四周一片漆黑。他见黄保根屋里还透着亮，"三更半夜不睡觉，做什么鬼？"项华灭了烟，蹑手蹑脚朝黄保根家走去。看样子要出巢了，嘴硬得很。项华躲墙根下，隐约听到屋内咿咿唔唔有女人在自言自语，"小花也没回来啊，'老树桩'艳福不浅，难怪整天小歌唱唱，爽歪歪。"他猫腰探出头来，窗被什么挡住看不清，黄保根阵阵呼噜声拉风箱似的。"有这等好事，老家伙还睡得着？"项华心跳加快，浑身哆嗦。"让我逮到把柄，看怎么收拾你。"项华准备抓个现行，屋里再也没了动静，他伸伸酸软的腿，"哐当"碰到水缸。老黄狗在屋里冲外叫了几声，项华蜷缩着不敢动，待狗不叫了，跌跌撞撞跑回家里，摇醒大囡。

"你眼花了吧，还是听错了？"

"千真万确呢，应该是个女的，穿红衣服，屋里有道红光。"项华发挥着想象。

"小花才走多久啊，就勾搭上哪个女人了？难怪叫出海也叫不动，叫喝酒也躲着咱，我要告诉小花去。"

大囡歪着脑袋细想又不对，岛上除了尖嘴鹭分雌雄，哪还有母的动物，工地都是男劳力。是有个女的，就是工地烧饭的大妈，来过饭店一次，脸黑得泥鳅样，说话"嘎嘎嘎"，快得很。

大囡突然悟出什么，用手戳着项华油腻腻的额头，说："不会你想偷腥吧？休想，我叫永志打断你的腿。"

项华一挺身躺下，心想，真有好事落头上，还回来告诉你？白痴才这么干。

天刚蒙蒙亮，项华就装闲逛到黄保根屋前。黄保根正用团捏鱼饵，老黄狗趴在一旁，看海鸟飞来飞去。

"起得介早，小花回来啦？"项华边说边往屋里探。

黄保根懒得搭理，项华进屋搬凳子，床上乱成团，灶台碗都没洗。

"小花真没来？"项华又问了句。

黄保根手抖了一下。这几日，他耳朵都快长出老茧，小花尽在电话里唠叨："好不容易相中个对象，不能黄了啊，我们管不了儿子，得有人管着他。"

"饭馆不好做，我与大囡打算上岸，你还待这里？"

"我钓我的鱼，你走你的路。"

"咱俩关系老铁，走不了两条道。没你当年舍命相救，我现在都不晓得在哪里做牛做马。"

"真记这份情，借我一笔钱。"黄保根吸了一口气，说了也便说了。

猜他心里有事，果真有事。项华没想黄保根开口向他借钱，心里有点暗乐。

"借钱是可以的，只是——"

"等一开渔，捕捞上来卖了即刻还你。"

"几时还，不着急的。"项华慢吞吞地说，"眼下，我饭馆都要关了，缺货啊……"

"借点钞票，还签卖身契，算我白讲！"

"啧啧，半句没讲臭脾气就来了。你也要改改性子，难保谁一辈子不求人。"

渔民背后都叫黄保根"老树桩"。东矶岛土层薄，种的葱韭都面黄肌瘦。黄保根从岸上移来一株半人高的槐树苗，种在石头屋边上。渔民打赌说要是种活了，出海一趟捕的鱼都归他。东矶岛不是硬石板就是沙石子，树根能长天上去？黄保根做事认死理，照种不误，不但种活，槐树枝繁叶茂年年开花，一串串风铃挂在枝头，成了岛上的一道风景。毕小花就在槐树下修补网具等老倌出海归来。东海台风多，一年，强台风生生把槐树截断，只留碗粗的树桩。

说曹操曹操就到，转天中午，毕小花搭乘着补给船回到岛上。一进屋，见屋里乱糟糟臭烘烘，几只绿头苍蝇沿着锅边爬来爬去，搁门边的桶里养条怪模样的鱼，屋里没人。"还有闲心养鱼，死老倌，大热天还在外面浪。"大囡给她吹过风，毕小花知道在哪里找到他。毕小花气呼呼爬过岩壁的小路，海风撩起她灰白头发，果然见黄保根正眯眼靠在礁石上打盹，钓竿搁在脚旁，海面泛着金光。

"就你心大得谷仓似的。"丈夫黑了胖了，这让她有点吃惊，"嗯，想与你商量……"

"还不是为了钞票？"黄保根瞥了她一眼，有些粗暴地打断她，"海里有黄金，有本事下去捞。"

黄保根收起渔具起身就走，毕小花跟在后面，被碎石绊了下。她没跟黄保根回屋，径直去了大囡那里，姐妹俩好些日子没见了。

"男人都是吃在碗里看在锅里，想吃天鹅肉，吃蛤蟆肉差不多呢。"大囡大笑起来，身上肉也抖得厉害。

"你也尽听你家男人胡扯，会不会骗咱俩？"

"瞧你，眉头皱成这样，会不会叔想要卖船？"

"卖船？！"毕小花瞪大眼睛。

"我瞎猜的，你也别往心里去，你晚上……"大囡趴在毕小花耳边说了几句，又开始大笑。

毕小花心里酸溜溜沉甸甸的，开始她以为老倌被哪个女人缠上了，说什么也不跟她回家。没想情况更严重，没了船一家人吃什么？喝什么？看来自己真不该逼他。晚上，毕小花缩着身子躺在黄保根脚边，脑子乱糟糟一片。黄保根倒像没事人一般，呼哧呼哧大睡。

毕小花待了两天就回了，知道黄保根没有卖船想法才放下心来。还是永志找熟人让她搭工程车走的，坝基与岛已连接上，工程车可以进出往来，比乘补给船方便多了。小花劝老倌跟自己一起上岸，黄保根只说再待几日。其实没啥事，他想找合适机会再问项华借钱，已经开了尊口，一回两回都一样。向别个渔民借，他更拉不下这张脸。

"还以为你跟小花屁股后上岸了。"项华笑嘻嘻地，手里捏张纸条。

黄保根没说自己走，没说自己不走。

"看，这是小花打的借条，我还是爽快的吧？"

黄保根接过来一看，的确是毕小花扭扭歪歪的字，数字触痛了他的眼睛，五万，这死老太婆，借钱眼都不眨一下。

"钞票我爽快给了，接下来看你喽。我先把厨房好好拾掇一下，好几日没开锅了……"这句话像锤子一样敲打着黄保根的耳朵膜，项华说什么他听不见了。

还得等六十四天才能开渔，黄保根眼前已浮现出一派热闹景象。开渔真比过年还要隆重，一年收成好不好，敬敬海神很重要。宰好的猪、羊披挂红绸缎，各家备上的好酒好菜都一并摆在船头，全村男女老少穿戴齐整，渔民、船老大站在前排，朝着大海祭拜。时节一到，一艘艘装扮一新的渔船如离弦之箭，向着大海深处进发。打头阵的，自然又是黄保根那艘亮闪闪的"老伙计"。

黄保根收拾东西准备上岸，不管怎样，岸上的家总归是家，"老伙计"要等他回去拾掇，借项华的钱得尽快还上。不然，脖子像系根缆绳勒得人难受。打打散工也可以，有手有脚什么不可以做？

太阳软软地挂在西边，一波浊浪涌上来，又泄了气似的退回去。黄保根提着装鱼的桶，晃荡着朝门外沙滩走去，没走几步，涌上来的浪便没了他的脚踝。他小心地把鱼倒出来，鱼明显比刚钓来时小了一圈，斜眼睛眨巴着，扭动身子弹跳，尾巴上肉球泛着光，像颗温润的红宝石。这时手机响了，他接来一听是小花，带着哭腔。他着急地"喂喂"几声。小花说，那女的从她这里拿了钱，就陪儿子吃了顿饭，看了场电影，接下来人就没影了，手机也关机了，他大姑说恐怕遇上了婚托，被骗了……又一股浪冲到脚边，沙滩上的小鱼乘机翻个身，摆动尾巴畅快地游起来，顺着海浪，转眼消失得无影无踪。一切发生得太突然，黄保根眼睁睁看着，分明听到体内有东西轰地崩塌了。他急急扔下手机，甩掉衣服，跃入大海，朝着小鱼的方向奋力游去……

　　海滩很快恢复了平静，海浪把深浅不一的脚印抹得一干二净。

谁是都教授

"真的，眨眼就不见了。"

"我死死盯着，那小样，化成灰都能把他揪出来……"吴贵梗着脖子，一根筋络显露出来，说话加上手势，跟平时在厨房挥刀宰鸡鸭一样。

"别说没用的屁话！"杂技团老板赵修才坐在堂前太师椅上，不耐烦地打断他。

相比周边高楼，这座四合院显得破败又不合时宜，曾是晚清一位洪姓官宦的宅邸，后因被贬家道中落。四合院双层双檐，廊柱雕刻着梅兰竹菊，历经风雨已斑斑驳驳，依然可见其精美，天井统一用鹅卵石砌成福鹿图案，正房两厢共二十二间，被江湖杂技团的演员与各种杂物堆满。

"那天我还看他偷着乐呢，保不准有什么好事，天天脚生风似的往外跑。"

兰兰站在赵修才身后，搔首弄姿，说话拖着长腔。

"猴精着呢，让我逮着有他好受。"吴贵低着头，自言自语的样子，"见鬼了，真的就不见了。"

吴贵要逮住的人叫莫洛，是杂技团的小丑，再过两个月就年满十八周岁。兰兰说那天快到晌午，阳光好，她抱着被褥出来晒，见莫洛坐在院子门槛边傻笑。

"呆子，快来帮把手。"她叫他。

莫洛甩着两只手，划船一样，慢吞吞走过来。

"梦里吃绿豆芽啦，瞧把你乐的。"

"兰姨，你这身衣裳真好看。"莫洛说。

兰兰刚起来，裹件金丝绒睡袍，丰满的胴体若隐若现。

大伙称赵修才为老板，称兰兰为兰姨。这个年轻女人没名没分地跟着赵修才，扎两根小辫，厚嘴唇涂得红艳艳，跟猴子屁股似的。

众人议论的当口，相隔两条巷之外，解放街上的路灯已全部亮起。街拐角有家茶室，一个穿蟹青色卫衣的年轻人站在门口，看看身后没人跟着，这才迈进茶室。年轻人身形挺拔，黑口罩遮住脸，就露出亮闪闪的眼睛，头上一顶白色棒球帽，帽檐压得低，浑身散发着清新而又神秘的气息，如一只误闯入人间的白鹿，警觉地竖起耳朵。他就是莫洛。

茶室灯光有点暗，莫洛找个位子坐下，透过窗子，可以望见不远处的天桥，上面人影绰绰。他好像已闻到了烤大饼的香味，大叔应该还待在老地方。

一个系花围裙的姑娘迎了上来。

"先生，请问您要喝什么茶？"她看着莫洛，声音微微颤抖。

莫洛平日里喝的都是水，拧开水龙头就喝。只有赵老板才喝茶，吴贵拿他喝剩下的茶叶渣浇花。

"我们这里有绿茶，有红茶，都是头茬采摘的上品，看您的喜好。"姑娘笑盈盈的，白静的脸上现出一对酒窝，很深。

"绿茶吧。"莫洛说，看着姑娘转身的背影，心像波浪一样慢慢荡漾开，从来没有人这么甜甜地和他说话。

很快，茶端上来，透明的玻璃壶中，碧绿的茶叶缓缓舒展，上下滚翻，还配有一份精致的糕点。茶壶碰着托盘发出轻微声响，姑娘竭力稳住自己的手。

"请您慢用。"她放下托盘，莫洛朝她点点头，姑娘触到深沉又阴郁的眼神。

"您跟都教授好像哦。"姑娘说，脸上泛起红晕。

姑娘走后，莫洛取下口罩，端起茶杯，有点烫，学着别人的样子朝里吹吹，喝进一小口，茶有点苦涩，含在口里没立刻往下咽，像吃饭一样慢慢嚼，居然嚼出丝丝甜来。他的目光追寻着姑娘的身影，心想，谁是都教授，都教授是谁？

莫洛从茶室出来，天上有月亮，洗过一样的纯净，把他的影子拉得很长。刚刚姑娘又和他说了一句话："欢迎下次光临！"她对每个来茶室喝茶的人都这么说，可在莫洛听来，好似独自对他喃喃私语，清澈甜美的声音一直在耳边绕啊绕。他试着学姑娘的语气，对行道树说，对空气说"欢迎下次光临"，感觉不像，重说一遍，还是不像。他就这样走着学着说着，经过他身边的人都好奇地看他一眼，他也不管不顾。街上车子行人少了，路面宽许多，寒风吹得树叶沙沙响，莫洛缩起脖子，竖起卫衣领子，领口有处破洞，露出一层白花花薄棉絮。

莫洛慢悠悠地回到四合院，悄悄推门进来。他瞄了眼正房，赵老板屋里黑着灯。他松口气，蹑手蹑脚往西边厢房走去。屋子里烟雾腾腾，地上搁着燃着炭的破盆，昏黄的灯下，吴贵与小马哥几个围在一起斗地主。吴贵脸上贴满白纸，像从墓里逃出来的鬼。

"咱们的'没了'先生回来啦，又去哪里潇洒去了？"

小马哥瞟莫洛一眼，他是杂技团保留节目"空中飞人"的演员，有张女人样俊秀的脸，但嘴刻薄，挖苦起人来不留死角。

"闷声发大财去了？不像啊，泡妞去了吧？"

"省省吧，瞧那模样，把人吓出一身病来。"小马哥冷冷地说。

莫洛不接话，脸上肌肉抽搐起来，刚进屋，脸冻得铁青。

"人家没准会……哈哈……"四个人凑近低语，爆发哄笑，吴贵脸上的白纸随着哈出来的气飘动。

莫洛皱起眉头，任由他们笑，在喉咙管里咕哝一句，掀起帘子往外走。

"站住！包里装了什么？"吴贵眼尖。

"是——衣服。"莫洛老实回答，进屋前，他先把卫衣脱了塞进包里。

"啧啧，莫洛先生都晓得扮酷了。"大伙又哄笑起来。

猴子阿宝从里屋蹿出来，脖子上套着根铁链，瞪着红眼，敏捷地落到莫洛肩膀上，"吱吱"地对他叫。

四合院是莫洛唯一的家，他打出生就没家。他应当是有家的，可从来不知道在哪儿，也不会有人告诉他。记事起，他知道自己是杂技团去乡下演出时在路边捡的，要不是恰好有人内急下车方便，估计没人会看见他，他能不能活都没个准。他被包在一块四方巾里，浑身通红，头上沾着血，模样奇丑，像造物主急着要出门，捏出个大致轮廓便扔下，眼鼻嘴都有，可任何一样都没搁对地方。看相的人说，莫洛面相怪异，命硬会克人。老板娘不信这个理儿，她不会生育，把莫洛捡来当亲生的养亲生的疼，说是积德。

赵修才不准莫洛叫他爹，敢叫一声就把他扔回路边去。莫洛小小年纪就知道路边是比恶魔还可怕的恶魔。好景不长，七岁那年，老板娘两脚一翘死了，莫洛随即被赶去跟打杂的一块住。阿宝有铁链，他没有，但同样被锁住，几乎与外界隔绝。开始是敞篷车，后来是四合院，舞台就是他的世界，全部的世界。他没有手机，也不会上网。

早春的湿寒长了牙齿，咬到人的骨子里。院里种着杂七杂八的花草，熬不过漫长的冬，死气沉沉，一株半人高的月季也蔫着，枝丫光秃。杂技团生意冷清，赵修才把每天一场改为隔天一场，后来隔两天一场，周末人多再加演。莫洛在院里练手，三根红黄蓝杂耍棒上下飞舞，轻盈得像燕子，平日他不会失手，棒子跟长在手臂上一样，今儿个棒子老往地上跑。莫洛眼睛不时瞟向正堂的窗子，那里拉着帘子，赵老板和兰兰还没起床。

"跟地怄着气啊。"兰兰这回穿着粉红色睡裙，站在堂前朝莫洛喊。她身上的裙很皱，像昨晚被人捏在手心使劲揉搓过。

莫洛停下来，把棒拢一起，上前几步。

"兰姨，问你个事儿。"他说。

"有话快说，有屁快放。"兰兰没长莫洛几岁，总爱摆出一副高高在上的样子。莫洛再往前凑凑，问道："谁是都教授？"

"什么都教授，全教授，关你屁事。"兰兰翻翻白眼，显然她也不知道，莫洛未免有些失望，因为在他眼里，兰兰跟在赵老板后头这么多年，跑东跑西，应该知道，不知道才是不应该。这时，厨房里的吴贵喊他打下手，莫洛跑开了。

熬到天黑，莫洛的脚底开始痒痒，外面的世界在召唤他。大伙还在吃晚饭，莫洛随便扒拉几口便站在院里吹起口哨。他吹口哨的样子很滑稽，噘起嘴朝一边歪，牵着整张脸都朝这边歪斜，像被人猛地掴了一耳光。莫洛吹了一会儿，又溜达一会儿，见没人注意便闪身出了院门，左拐右拐，熟门熟路，穿过狭窄的小巷，停下来，见四周无人，掏出卫衣妥妥帖帖穿上。穿五彩斑斓的演出服，他是小丑；穿粗黑的棉衣汗衫，他是叫莫洛的男孩；只有换上这件卫衣，他才是真正的自己。那天不知咋的，他演砸了，台下人叫着嚷着，吹着口哨爬上座椅，手上有啥就往台上砸。他很是狼狈，仓皇退到后台，被赵老板连踢带骂一顿揍，独自躲在一边瑟瑟发抖。一个老头不知什么时候站在面前，脱下卫衣披他身上，卫衣不全新，带着老头身上的体温，莫洛受了委屈般哭得厉害。老头对他说："孩子，不用都看别人的脸色，你笑他们才笑。"莫洛一贯的想法是，他早已不是他，他是小丑，顶着偌大的红鼻子，观众笑他才可以笑，观众不笑他只有哭。

莫洛挺挺胸脯，脚步轻快，很快融入街上的人流和热闹中。街两旁的店铺里，女店员的脸涂得雪白，挂起迷人的笑。莫洛起了冲动，想上前问问她们，知不知道谁是都教授，他觉着她们一定知道，每天有那么多人在眼前经过，停留，还说话，见识一定比兰兰要多得多。可莫洛始终没有勇气迈出那一步，仍逗留在街上，混杂在陌生人群里，闻他们身上散发出来的味道，猜测他们是做什么的，从哪里来又到哪里去。每个人的气味不一样，散发出的体温也不一样。

莫洛轻飘飘走上人行天桥，趴在栏杆上，从这里可以看见茶室，看见姑娘苗条的身影。她就站在茶室门口，脸上一定带着迷人的笑，就是她扔下一个大大的问号，也给他另一个身份——像都教授。他有些着急，因为到目前，他还不知道都教授是谁，长什么模样，是好人还是坏人，他断定都教授会是个好人，这话从姑娘嘴里那么甜甜地说出来，说坏人断然不会用这样的语气。他得知道自己跟他哪里像，哪里又不像，这样可以把不像做得像，把像的做得更像。

茶室已成了他隔三岔五去的地方，点上一壶茶，静静地坐一会儿。姑娘有意无意飘过身旁，留下一袭淡淡的气味，像茶叶的清香，又像是头发飘出来的洗发水的香，反正令莫洛心神荡漾。有几次都想脱口问她本人，都教授是谁，解铃还须系铃人，可话到嘴边又咽了回去，这不是把自己的无知彻底给暴露了？万一都教授真是个十恶不赦的坏人，不是亲手毁掉了这份美好的念想？这多少让人懊恼。莫洛似乎有了勇气，没等她说出欢迎下次光临，他一把抓住她的手，塞给她一样东西，随后，飞快地跑远。这是他第一次触到姑娘的手，软绵绵，滑腻腻，涂了油脂一样，好似没有骨头。七岁之前，拉着他的手就是娘的一双手，坚硬，厚实，温暖。

趴在栏杆上，莫洛数着一辆辆从脚下经过的车，车有时堵着，排起长龙，像会发光的甲壳虫一样慢慢蠕动。此刻，阵阵寒风都化作了和煦的春风，轻抚着他，让浑身上下每个毛孔都敞开，尽情呼吸，他醉了。

从天桥走下来，莫洛闻到大饼的味儿。他小时候爱吃锅巴，闻着焦煳味就迈不动腿，把金黄的锅巴咬得嘎嘣脆。他叫老板娘为娘。他娘说可以练嚼劲，有得吃，难怪他牙齿好。大叔还待在老地方，活动的手推车上，装着两尺见方的小桌板，一只圆桶火炉，炭火烧得旺。莫洛靠上去，立刻感受到炉子里散发出的暖烘烘的热。

"来个大饼。"莫洛故意清清嗓子。

大叔戴着顶黑棉帽，两边帽檐拉下来，将脸遮得严实，就露两只眼睛。

"好嘞。"大叔爽朗地答应一声，麻利地将和好的面粉揉成捏成窝窝，塞进黑油油梅干菜肉馅，往桌板上撒点粉，摊开，用面杖三五下搓成大饼，掀开炉盖，"啪"地将大饼贴在滚烫的炉壁上，重新盖上盖子。

"刚下班啊？小后生蛮拼的哦。"大叔上下打量着他。

莫洛点点头，内心一阵狂喜。他挺挺身子，明显感到自己比大叔高出一大截。

大叔再一次打量着莫洛："小后生不是城里人吧？"莫洛有些诧异，扯扯身上的卫衣。

"听走路声就行啦，走路轻飘飘的，大多不是。"

莫洛想着自己走路总是蹑手蹑脚，跟做贼似的。见莫洛半信半疑，大叔又补了一句："谁的地儿，谁走得踏实。"

莫洛觉得大叔挺能说，问了一句："你知道都教授吗？"

大叔愣了一下，摇摇头说："管他谁是都教授，我只管一天售出去多少大饼。"

莫洛多少有些沮丧，能问的都问了，似乎都不知道都教授是谁，看来是个非常神秘的人，一般人都不会知道的人。可是，茶室姑娘怎么知道的？她是亲眼看到的，还是听说的？她是那么肯定自己跟他很像。

刚迈进院门，莫洛就嗅出了院里氛围与往日不同，十一点多了，正堂的屋里还亮着灯，厢房也都亮着灯，莫洛想悄悄溜回屋里。

"站住！"吴贵从正堂出来，逮住莫洛，"赵老板叫你。"

莫洛见躲不过，温顺地低下头，随着吴贵进了屋。赵修才宽大的脸这会儿拉着，显得阴沉，莫洛最怕见到这样的脸。

"死哪里去了？都几点了？"兰兰说话语气越来越像赵修才。

"就——那个街上。"莫洛说。

"天天望大街，怕街跑了不成？现在你是翅膀长硬了，想飞了。"赵修才狠狠地说，他没把莫洛当儿子，管得却比亲爹还要严。

都不用抬头，莫洛的眼睛能准确捕捉到每个人的表情，就像他在舞台上，台下观众的情绪变化他都能感知得到，在抖出一个又一个"包袱"之前，总是静得出奇，好像偌大的空间没有一个人，就他独自站在台上。然后，笑从四面八方潮水般奔涌而来，涌到他的脚下，涌到他的心里。

"照实说吧，都干什么去啦？你娘在天上看着呢。"赵修才突然变了种语气，显得很温和，不似他本人平时说话。

莫洛眼眶一热，嘴唇哆嗦，身子也抖个不停，好像真做了什么错事，大伙一声不吭紧盯着他。

"真不是……你们想的那样。"经过一番挣扎，莫洛吐出这么一句。

"不说是吧。"赵修才沉不住气了，将茶壶往桌上重重一搁，莫洛的心随之咯噔了一下，仿佛落入无边的井底，下意识地摸摸背后的包。

赵修才没自己动手，对吴贵使了个眼色。吴贵会意地蹿出来，猛地扑到莫洛跟前，一把扯下了他身后的背包，莫洛本能地弯下身子用双手护紧，两人拉扯起来。"啪"的一声带子断了，包里的东西抖落在地上：一件旧卫衣，一个练手劲的黄色球，一块啃了几口的冷面包。吴贵扔下包，拎起卫衣抖了抖，还将口袋都翻了个遍，衣服有一股怪味儿。他捏着鼻子嫌弃地扔回地上，莫洛紧张地盯着他的一举一动。

"就这些？"赵修才往前凑了凑身子。

"都搜遍了。"吴贵耸耸肩，摊开双手。

赵修才看着也无趣，自己高估了莫洛的智商，就这么个二百五，能干出什么让他上心的事？一只蛤蟆在划定的圈子里待久了，想跳一跳，蹦跶几下而已。

"再出去浪，看我不打断你的狗腿！"他对莫洛吼了一句，就不耐烦地挥挥手，让大伙散了。莫洛蹲在地上，把散落在地上的东西拾起来，重新装回包里。他看着自己的手指，细长，白皙。他的脸要涂上层层油彩，这双手不用，干净得很。他想，都教授是不是也有这样一双手？

这是一座可以容纳三四百人的环形剧场，舞台上有一个旋转的五彩球，快节奏音乐带着撩拨的意味。莫洛坐在化妆镜前，将粉底一层一层往脸上涂，再细细地描上红黑白黄的油彩。这回，他把红鼻子画得更红更深，几乎占了他大半个脸，好似扣了半个红皮球。他穿上一条崭新的哈伦背带裤，戴上金黄色卷发，然后，静静地站在幕后。观众零零散散进来，他盯着门，期待的身影没有出现，直到兰兰扭着水蛇腰上台开始报幕，姑娘才急匆匆走进来。她穿着红色大衣，像一团火在黑压压的人群中移动。她的位置在前排，莫洛看着她，心跳加快。

柔术、顶碗、走钢丝，节目一个接一个，每个节目过场就该莫洛出场，他一个筋斗翻到舞台中央，和着滑稽轻松的音乐，对着观众挤眉弄眼，龇牙咧嘴，模样像极了阿宝。台下有小孩被逗乐了，大人跟着哈哈笑。一眨眼，他从身后变出五颗彩色魔术球，球在他手里翻飞舞蹈，看得人眼花缭乱。他从来没有这样卖力表演过，观众席上，欢呼声一浪高过一浪。然而，姑娘显然没有心思看表演，她一会儿看看身边空着的位置，一会儿伸长脖子望望门口，莫洛心里说："看，我就在舞台最亮的中央，我能看见你。"

莫洛再次出场时，姑娘身边已坐了一个人，是个男人，短发，标准的国字脸。姑娘笑得像花一样，与他说着话，甚至不再看舞台上莫洛的表演，还不由自主地把头靠在男人的肩膀上。一刹那，莫洛脑子跳出个念头，他，就是都教授！

演出结束，莫洛飞快地冲下舞台，赵老板的骂声没能阻挡他的脚步。他一边跑，一边擦脸上的油彩。他想亲口问问姑娘，那个人是不是就是她说的都教授。他希望亲耳听听姑娘的回答，是就是，不是就不是，起码在他看来，他跟这个都教授没有一点相像的地方，也不可能有相像的地方。可她为什么要说他像都教授？都教授是都教授，他是他。

等他拐过后台跑到戏院门口时，人已散光了，彩色戏票扔了一地，印着无数脚印。莫洛垂头丧气地回到四合院，嘴里念念叨叨，谁也没听清他在说什么。一进屋就开始翻他的背包，又翻床上乱蓬蓬的被子。阿宝窜进来，跳到他肩膀上，小脑袋、嘴角、爪子粘着白花花棉絮。莫洛心里咯噔一下，随阿宝来到隔壁杂物间。眼前一幕让他惊呆了，卫衣已被开膛剖肚，撕成条条，棉絮白菊花般撒了一地。阿宝显然还沉浸在刚才的快乐游戏中，在地上跳来跳去，吱吱地朝他欢叫。

莫洛随手操起门边的扫帚，狠狠朝阿宝扔去。扫帚打在阿宝毛茸茸的脑袋上，它哀嚎一声，蹿出门外，回过头，红眼睛惊恐地望着莫洛。

院子里的花草依旧蔫着，唯独那株月季已探出了新芽。

废村

林经纬相中一块匾额，拍了照让古玩圈的好友鉴定一下。好友初步断定是清康熙年间的老物件。于是林经纬日思夜想怎么得手。如果"拾宝客"分段级，林经纬最多算业余初段，凡能与旧沾边的统统收入囊中。喜好归喜好，堂堂记者也有底线，明抢暗偷他不干。

沿新城大道驱车十多分钟，行至五驼峰山前，是条断头路，右拐通往乡下，左拐也是通往乡下，五驼村便立在分岔口。一排排屋顶已被掀掉，就剩四堵墙直愣愣杵着。墙内被烟火熏过，被巨幅美女照贴过，墙外被鞋踹过，被三轮车撞过，整个村子没了炊烟袅袅，没了鸡飞狗跳，死一般沉寂，房前屋后遍地破罐残椅、旧衣物、碎瓦砾，几只狗在废墟上刨来刨去。村子正中有座破戏台，匾额荡在戏台横梁中央，固定四角的钉子掉了三颗，单凭右上角一颗悬着，好似坠落悬崖的人死拽着根枯枝，在落日余晖里苦苦挣扎，透着股苟延残喘的倔强。

林经纬带其他记者来村里做过报道，宣传驻村干部是如何夙兴夜寐地推进拆迁工作，村民是如何顾全大局地抛家别舍，也就是这个时候他瞄上了匾额。五驼村毗邻锦湖风景区，总共有五十来户人家，这些 20 世纪 80 年代农民自建房怎么看都煞风景。年前政府启动景区改造工程，五驼村纳入整体规划要求搬迁。大半年过去了，村子差不多搬空了，可改造工程没了下文。

村民表情很奇怪，像在询问，又像早知道真相，显然还记着林经纬曾把话筒递过去让他们说过话，上过电视。

"林记者，知道为啥没了动静不？"

林经纬摇摇头，两只耳朵支棱起来。

"有一户不同意拆。"

"谁啊？这么赖。"

"吊眼！压烂咸菜的石头，又硬又臭，这一带出了名的。"

热心村民把林经纬引到靠山脚的一排屋前，朝前一指就跑了，像是多待一刻就会触霉头。开了顶的房子中间夹着两间低矮老屋，屋顶确实还没被掀，乍一看像两个高大的警察架着个垂头丧气的惯偷。老屋大门紧闭，门前有棵银杏树，枝干粗壮笔挺，叶子长得密，麻雀叽叽喳喳地在枝头开大会。

村民哪会知道其中缘由？原计划五驼村搬迁后进一步拓展丰富景区业态，后来一房地产开发商相中并愿意出高价买下五驼村这块地。这对于财政困难的地方政府来说是巨大的诱惑。公益为上，还是真金白银为上？讨论无果便一直拖着。见无人再催促，两三户人家给屋顶盖上塑料布，拾掇一番重新搬回来，说住在临时安置房又挤又吵。驻村干部担心会出事，劝又劝不动，只得安排人员加强巡查。村子与景区隔块自留地，很是开阔，闲置半年已杂草丛生。村民骑着三轮电动车每天来村里上下班，把荒了的地重新开垦出来，种上茄子、玉米、豆荚，村子周边绿油油一大片。

戏台具体什么年代搭建的，村民谁都说不清了，四根柱子和地板千疮百孔，两层翘角顶，正中镶嵌一面椭圆形铜镜，一棵不知名的小树长在顶上，朝四周撑开细枝条，像人站在高处振臂高呼。戏台周边堆满垃圾，村民还没搬时，把这里围起来养鸡鸭，臭烘烘的。村民说早几年戏台还在用，遇到谁家结婚、生子、发大财之类的喜事，就请戏班子来做戏，越剧《五女拜寿》《碧玉簪》《穆桂英挂帅》轮番演，周边村民都来看戏，很是热闹，现在是没人打理的庄稼地，败落得快。

林经纬有事没事就去村里转悠。五驼村何去何从不是他所能操心的，他操心几时抱得匾额归，如抱得美人归般迫切。一到村里，他便站在匾额下端量，像乌鸦等待百灵鸟口中的那块肉。匾额上刻有字，篆体。他歪着脖子研究半天，识别出"阳春德泽"四个字。每次总会遇着两三个拾破烂的，戴草帽扛纤维袋，在瓦砾堆里翻翻找找。是宝物，你惦记着别人也惦记着，林经纬感觉要抓紧行动早点落袋为安。再说戏台迟早也会被推倒，即便不被推，来场台风也够呛。至于村民提及的"吊眼"，林经纬在村里走了这么多回从没遇到过。关于他的事，村民似乎不愿多说，绕了半天，只知道"吊眼"是独子，老爹死了好多年，埋在门前半山茶园里，老娘疯疯癫癫在外面乱跑。林经纬问村民："怎么都是铁将军把门？"村民说："见他没那么好见。"

一日，车还没拐进五驼村，远远见村口围着一群人。怎么一下子冒出这么多人？莫非土地爷盛怒，把大伙挨个从角落揪出来了？林经纬扒开人群挤进去，见个戴眼镜的壮汉把一颗脑袋瓜摁在田埂上，挥棒朝那人脊背、屁股、大腿一通暴打，手起棒落，动作利索。躺地上的人双手抱头，身子卷成虾姑状，嘴里直嚷嚷："等着，等着，我叫……友来收拾你！"他越嚷，"四眼"打得越起劲，恶狠狠地说："看谁先收拾，看谁先收拾。"结果嚷嚷变成了哼哼。村民指手画脚看猢狲做戏似的，没一个上前拉架。林经纬不明就里，站一旁没敢出手。"四眼"揍痛快了，起身又狠狠踢那人一脚，扶扶眼镜架，两手一拍，扬头走了，像个为民除害的好汉。

林经纬目光追随着"四眼"魁梧的背影，问村民："他就是传说中的'吊眼'？"村民纷纷摇头，用嘴努努躺地上不动弹的人，一哄而散。林经纬一屁股坐在田埂上，"吊眼"形象咯嘣裂成两半，如同心心念念的匾额砸地上。他用手指戳戳那人背脊，一动不动；再戳，还是不动。半晌，那人呻吟着蠕动身子，一节一节缓缓坐起来，扭扭脖子，揉揉胳膊腿，像刚从冬眠苏醒过来的蛇。这是个四方面盘的男人，头皮白晃晃，左眼眼皮往上吊，见旁边有人，警觉地打量起林经纬。

"你谁啊？"他问。

"甭管我是谁，咋打的你？"林经纬问。

"吊眼"朝泥地里愤愤吐口痰，说："癞皮狗，疯狗，见人就咬。"

林经纬算听明白了，此人正走在村道上，"四眼"家大黄狗嗷地扑上来，朝他大腿根"啊呜"就是一口，再往上点，裤裆里的命根子都跟着遭殃。他气不过，三更半夜起来把大黄捕杀了，炖了一大锅狗肉，连肉带汤落了肚。

"都一个村里的，咋的狗还见生？"

"狗眼看人低呗，这世道。"

"你刚才说什么友？我没听清。"

"狱——友。""吊眼"故意拖长音。

林经纬下意识把屁股挪出去点，觉着不妥又挪回来，掏出烟点上递他一根，自己叼了一根。"吊眼"接过来狠狠吸一口，林经纬也狠狠吸一口。"吊眼"叫杜三平，蹲了五年大狱，刚从里面出来没几天。他家房子与"四眼"家墙挨着墙，早年因为屋基的事结下梁子。"四眼"在村里人缘不好，家里养着七八条狗，不分白天夜里地乱嚎，咬伤人，他就咒人家活该撞狗嘴上。

记者这一行三教九流都能打交道，聊出丁丁卯卯，林经纬觉得，对杜三平这样的人不需要灌输什么思想，刚从里面出来，村里没人可说上话，自己能放下身段搭理还递烟给他，在他认为是友好的表示。

"你咋地就溜达到这儿了？"杜三平问。

"瞎溜达，没事瞎溜达。"林经纬说。

杜三平吊眼皮一抖一抖，像被无形的手提拎着，闪过狐疑的光。

"看你也不像是瞎溜达的人，只要是人，甭管好人坏人，骨子都刻着非奸即盗四个字。"

杜三平能说出这样的话来，有些出乎林经纬意料。林经纬不想与他打得热乎，可人的喜好终归是人的软肋，便把匾额的事跟他交了底。杜三平拍着胸脯保证帮着弄到手，还劝林经纬："拾宝就是拾，哪会叫偷呢？用不着这么上纲上线，村子都废了，那玩意就是废物！"林经纬问他今后有什么打算，杜三平说走一步看一步。林经纬说你这房子要断电断水，不好再住人，赶紧找个安身地。杜三平说，过一日算一日，混呗。林经纬看他一副茫然样，估计思维还停留在刚进去那会儿，一时间还转不过弯来。5 年在 80 后眼里是许多年，在 90 后眼里是 N 年，在 00 后眼中就是跨时代了。临走，杜三平要了林经纬手机号码，说一到手就立马通知他。

五驼村最后归属自然是被房地产商高价竞拍收入囊中，开发成高端别墅式住宅区，规划图都出来了：山湖锦绣，白鹭竞飞，数排别致的小楼倒映水中，背景是连绵起伏、凹凸有致的五座驼峰。林经纬参与过拆迁报道，情况比较熟悉，领导派他继续跟踪采访。接到任务后，林经纬打电话给杜三平，交代两件事情："匾额抓紧点，尽可能做得神不知鬼不觉。另外，全村就剩你一户没签，该拆还得拆，该搬还得搬，胳膊是拧不过大腿的。"说这话时，林经纬明显带着公事公办的口吻。

周日清早，林经纬还赖床上半睡半醒，杜三平打进电话，林经纬以为搞到匾额了，一喜，整个人坐了起来。但杜三平压根没提匾的事，絮絮叨叨说自己昨晚做了个奇怪的梦，缺角神龛出现在半空，后头拖根长尾巴，越飘越远，他跟着疯跑竟然飞了起来。林经纬一时没明白过来，问神龛是啥玩意。杜三平说就是搁堂前案几上乌漆墨黑的破玩意。林经纬问是不是供祖宗用的牌位。他说里面就点根蜡烛，应该不是祖宗牌位，老爹死后这玩意再没见过，估计早被老鼠拖去做巢，好端端入梦，真是阴魂不散。他小时候偷摆在上面

废村
／

169

的饼干，个矮够不着，拼命扒桌脚，结果案几倒了，神龛砸下来磕掉一角，滚烫的蜡烛油滴到左眼皮上，疼得他在地上直打滚，差点弄瞎了眼，疤就是那时留的。老爹顾不得孩子哇哇大哭，拾起神龛捧在手心又拍又吹，连连说，败了，败了。多年来，这声音魔咒般纠缠着他，指引着他朝败家子一路"高歌猛进"。

"年数久吗？"林经纬就好这一口，见旧物如同鲨鱼闻到血腥味。杜三平说："不知道，听说爷爷的老爹在时就有了。"林经纬估算一下，最多也就民国时期的东西。于是说："你爸在天有灵，晓得你出来了念叨，去坟头烧炷香拜拜。"杜三平没接腔。林经纬听到电话里头传来狗的嚎叫，还不止一只。"汪汪，看你死过来，咬死你，汪汪……"杜三平学着狗叫。

林经纬先前从五驼村村支书杜小康那里得知，全村就杜三平一户没拆是有原因的：改造工程刚启动那会儿，他还在狱里蹲，老爹躺地下想开口也开不了口，老娘疯疯癫癫不知去向，死在外头都没准。街道驻村干部带着小康支书、律师一行到他服刑的金华监狱做思想工作，动之以情晓之以理。杜三平坚决不松口，说强征强拆年代过去了，谁也不敢动他家老屋一砖一瓦，何况他已不是单兵作战，有强大的狱友智囊团作支撑。当年在边境走私象牙被人赃俱获时，他硬挺着说这货不是自己的，要么装糊涂，要么咬定是谁有意栽赃，理由自己都不信，更别说审他的人了，最后判了五年半。他刚进去整个人像爆炒的茄子蔫不拉叽，吃不好睡不好，整日唉声叹气，刚搭上一条发财路就被断，这辈子恐怕永不得翻身，只能在"败了败了"的"祝福"中了此残生。狱友帮他分析，按珍贵动物制品携带量级，量刑起码得八年，他是白赚了二年半时光。听狱友这么一说，杜三平心平下来，不再怨天尤人，觉得留得青山在不怕没柴烧，表现很积极，最后被减刑释放。

现在人出来了，杜三平就是拖着个签字，反正独个人，肚子饿不着雨淋不着，摆出架势，看看到底谁硬得过谁。

"林记者，五驼村这块地成了黄金宝地。这几日转了一下，连周边房价都涨到三四万一平方米了。"杜三平说。

"有钱也落不到你口袋里，管好自己的事情。拿赔偿款买套房，做点小生意，娶个媳妇，过过小日子就好了。"林经纬劝他。

"有数有数，我不贪不贪。"

话是这么说，驻村干部一次次来家里做工作，杜三平无动于衷，跟他们打太极，一会儿说房子拆了人住哪儿，一会儿说屋里东西搁哪儿，都是祖宗留下来的宝贝，无价之宝，急慢不得。驻村干部环顾他家，狗窝似的，挂满蜘蛛网，除了破锅、破灶、破床，哪有什么值钱的宝贝，尽在那里胡扯。

匾额的事杜三平也迟迟搞不定，没当林经纬面应诺得那么爽快。他对林经纬叹苦，想了许多办法，用石头砸也好，用竹竿挑也好，最后那颗钉丝毫不挪窝，跟长在横梁上似的，誓与戏台共存亡。"恐怕得爬上去用电锯锯，戏台踩一

废村／

脚都会摇三摇，倒下来砸了人怎么办？"林经纬听出他有畏难情绪，激将一下："这点小事就难倒了？当面吹什么牛！"杜三平说一个人搞不定，得找几个帮手："林记者不是要求神不知鬼不觉吗？另外——"他把话缩回去，林经纬听出话音了，绕了老半天，不就是为了钱嘛。他爽快答应给点劳务费，具体给多少没说，同时不忘正告杜三平，拆迁的事早做打算，拖久了没好果子吃。

从五驼村村口到银杏树下排起一长溜车，轿车、面包车、翻斗车，压阵的是闪着灯的警车，这阵势估计杜三平老爹见了都会惊叫着活过来，更何况真就冲着杜三平来的。林经纬拿着话筒坐警车后排，同来的摄像小哥没经历过大场面，小脑袋装了发条似的扭来扭去。村民不知从哪里得知消息，跑回村里夹道看热闹，有几个挽着裤脚，刚从地里劳动回来。打头站着的是小康支书。车队停下，他挨个敲车窗，忙不迭地往里递烟。杜三平双手插口袋站在自家老屋前，长出半寸毛发的脑袋在太阳底下像个大木瓜，身后墙上大大的"拆"字，最后一点用力过猛，墨汁挂下来，残血一般，没入荒草丛里。

林经纬下了车，让摄像找位置把机子架好。杜三平盯着他的一举一动，林经纬装没看见。照理今日这么大动静，提前告知他一下也有必要，但这次是联合行动，有纪律要求。再说，林经纬不觉得要对杜三平尽什么义务，各取所需罢了。小康支书在喊："三平，快过来。"杜三平站着不动。

小康支书又喊，他才故意一瘸一拐地磨磨蹭蹭走过来。小康支书递根烟给他，杜三平伸手接过，放鼻子底下闻闻，噘起嘴吹吹，再夹耳根后头，然后，大大方方检阅起围观村民齐刷刷投过来的注目礼。

从打头轿车里出来个脸白净的男人，手比脸还要白净，戴只明晃晃的手表，看不清什么牌子，这是街道负责拆迁的马主任，林经纬之前采访过他。马主任下了车，面包车里的人依次下车，个个人高马大，交叉着手站在车旁，估计来之前精心挑选过。小康支书领着杜三平来到马主任跟前，不时扯扯杜三平衣袖，示意他站直点，别没正形样。杜三平左眼皮一跳一跳，扯着半边脸的肌肉上下颤动。

"今天合约立马给我签了！就剩你一户了。"马主任一字一句说得很清楚，没拿正眼瞧杜三平。

"搞突然袭击？杀头还得画个押不是。"杜三平慢吞吞地说。

"要画押，给你备齐全了。"马主任朝后面人挥手，助理给他递上绿皮文件夹，外加一支笔。

"别，我不识字。"杜三平开始耍赖，围观村民哄地笑了。

马主任说："我让人念给你听。"杜三平说："眼见才可为实，听到的都是虚的。"马主任说："政府说话做事白纸黑字写得清楚，还能有假？"杜三平说："那可说不准。"两人梗着脖子大眼瞪小眼，像即将开架的水牛。马主任先撤下阵，似乎觉着与杜三平这样的人开仗失面子。小康支书乘机上前打圆场，请马主任一行先到村委会坐坐，喝喝茶。

"神龛不见了，容我找找，祖上传下来的宝贝，寻不着，老爸从坟里爬出来咒死我。"杜三平巴眨小眼睛，踮起左腿不停地抖，无赖本性暴露无遗。林经纬暗暗冷笑："雕虫小技有用吗？太小看我们马主任了，马主任说话眼睛不带眨，见招拆招。这些年经他手拆掉的房子数不胜数，什么场面没见过？百姓私下喊他'马拆拆'。"

马主任白脸冷冷的，一把拽过小康支书，书生手劲儿倒挺大。两人一旁嘀咕小阵子，小康支书点头连声说是，杜三平在旁边晃着木瓜脑袋。村民不放过现场细微举动，像已点着鞭炮引线，捂起耳朵躲一边去，单等爆炸刺激时刻。马主任转回来，用严厉的口气对杜三平说："容你两天，不许再耍滑头，耽误工程，拿你是问！"说完，白手一挥，猫腰钻进车，后面人也跟着进了车，路面放屁似的扬起一串尘土，村民纷纷捂鼻避让。

点燃的是个哑炮，抱着高高山头望好戏的村民纵有不甘也慢慢散了。林经纬设想会有拳脚相向、头破血流之类的场景，如同武打电影里的精彩片段，这样新闻才有看点，有高点击率，保不准能冲个年度新闻大奖。狗逗猫，猫越挣扎，狗越带劲，猫软搭搭，狗就觉着无趣了。小康支书目送车队绝尘而去，上前踹了杜三平一脚，并咒他："短命鬼，给脸不要脸。"两手一背，走了。杜三平痛得直咧嘴，居然没反抗，见林经纬站着也没走，说："你也是来看好戏的吧？"林经纬掩饰说："谁闲得慌，任务在身不得不来。"杜三平朝林经纬伸出手，林经纬问啥意思，他说给点烟钱，约好人晚上动手。林经纬心里老大不痛快，有种被讹上的感觉，想拒绝又找不出合适理由，不情不愿给他两百元。

村里人不太乐意与杜三平沾边，他打小就没学好，初中都没读毕业，学手艺吃不了苦，整日跟邻村一群小流氓混。实在没法子，他老爹提着两瓶白酒找杜小康商量怎么办。那时杜小康还没当村支书，在方圆一带算得上能人，谁家有难事都找他合计合计。杜小康一拍大腿说："送去当兵，管不住，让部队替咱管。"杜三平得知要送他去当兵，没说不去也不开溜，跑去文身店在脊背上纹了条长角飞龙，兵检时一脱衣裳立马被刷了，把他爹气得半死。他娘请算命先生给他测过字，说他命中注定与"三"相克，三十岁是个坎，不是有性命之忧就有牢狱之灾。结果他二十九岁那年就被抓去吃牢饭。他娘不服气，千辛万苦找到算命先生理论："你不是说与'三'相克吗？咋的二十九岁就出事了呢？"算命先生眯缝起眼，掐指头一算，说："二十九几笔画你不会数吗？六划，正好两个三。"把他娘噎得半天说不出话来，浑身抖成筛糠，受这一刺激完全疯了。每年三月桃花开，她就在头上插满花，在桃树下又唱又跳，俗称"桃花癫"。

林经纬凌晨一点多钟还没睡，不时看手机，熬夜写通稿，结果一个字也没憋出来。快到两点半，杜三平打电话说搞定，林经纬跳起来，立马开车到五驼村村口，人没下车。此时，月牙儿挂在峰尖，五驼峰像一个女人仰面躺着，村子隐没在她洒开的秀发里。杜三平站在路旁，抱着用旧被单裹住的匾额，小心地把它放进后备厢。林经纬示意他坐上车，见他头上包着白布条，渗出丝丝血迹，递过去一支烟，两个小亮点一闪一闪像鬼火。

"咋回事？"

"哥们在上头锯呢，这破落玩意落下来，我正站底下。"

"匾额没摔坏吧？"林经纬脱口而出，接着补一句，"要不要去医院？"

"就一点皮外伤，没那么金贵。"

林经纬本想说句谢谢，话到嘴边咽了回去，给他五百元钱，把剩下的一包烟扔给杜三平，便驱车回家。躲进卫生间，用软布小心翼翼地擦净蒙在匾额上的灰尘，像在给婴儿擦洗身子。这是用整块小叶紫檀做的匾额底板，边角有些脱落，透出凝脂般暗红色的光泽，带着岁月沉淀下来的厚重。终于拾到宝，自己狠狠被"阳春德泽"一回，林经纬兴奋得整晚没睡。

杜三平也还没睡，忙着捣鼓自己的事。转天一大早，他捏张纸条去找小康支书，让他照着上面写的在村里广播广播。小康支书推说村里广播坏了没法播，能播也没人听。杜三平说："那在村民微信群里发一下。"他还不落伍，知道用微信群发布信息。

"搞什么鬼名堂，给我一边去。"小康支书被缠得不耐烦起来。

"不找回神龛，没法向我爸交代啊。"

"你爸早变鬼了，别让他躺地底下也不安宁。有那闲工夫，把你娘找回来，别折腾东折腾西的。"

"娘是死是活我哪知道，神龛可是我家宝贝。"

"我还不晓得你，又到哪里爬墙头勾搭良家妇女了？"小康支书瞟一眼杜三平受伤的额头。

蛛丝马迹怎能逃过小康支书的火眼金睛，杜三平一撅尾巴，他就知道要拉什么屎。当初杜三平死皮赖脸勾引他家姑娘雨娇，好人家怎会看上这浪荡子，所以他给看得死死的，及时把杜三平的邪恶念头扼杀在摇篮中。不过话说回来，照眼下情形，杜三平保不准要撞狗屎运。雨娇后来被一外地养蜂人拐跑了，常年在外风餐露宿，弄得人不人鬼不鬼的。不如当初睁只眼闭只眼允了他俩。真是此一时彼一时，千算万算，小康支书也有失算的时候。

广播没播成，消息风一样传开了，杜三平悬赏找神龛，谁找着当场奖励现金一万元。村民开始都不信，纷纷议论起来。

"他哪来这么多钱？"

"你有赔偿款，'吊眼'就没有吗？保不准赔得比我们还要多。"

"不是还没落笔签字吗？有钱也不是这样败的。"

"他乐意败就由他败，他爸那点家底就是被他败光的。"

"他家有神龛？别糊弄人。"

"倒是见过，就摆在堂前，反正闲着也闲着，找着了，一万元不就轻松到手了。"

"就你信他的鬼话，做做样子的。"

废村／

太阳软软挂在空中，五驼峰像水波浪荡开，延伸到湖光之中。一轮比拼拉开大幕，村民扛着锄头在自留地上锄草，慢慢朝杜三平两间老屋靠近，在周边刨来刨去，开始还装模作样，见面打招呼"你下地啊"。随着加入的村民越来越多，搜寻范围越扩越大，柴堆旁、瓦砾下，个个争先恐后，目光专注，淘金挖宝一样。"四眼"顾不上结没结梁子，撅着大屁股东翻西找，露天粪坑、猪栏脚下都不放过。捡破烂的也参与进来，他们眼光独到，别人翻找过的不去碰，专寻些边边角角。一时间，五驼村废墟上全是人，村里人，村外人，路过的人，层层叠叠，黑压压一片。杜三平一桌、一椅、一茶坐在自家银杏树下，跷着二郎腿，拿个小喇叭在喊话："赶紧找，找着现钱现付。"

林经纬路过五驼村，以为又出什么幺蛾子了。遇着小康支书，他摇着头说："从来没见村民这么齐心过。"人群中，有个上年纪的老头挺扎眼，粉红花格子衬衫，一条白裤子，皮鞋积层灰土，煞有介事地围着杜三平老屋转来转去，用手中拐杖朝墙面敲敲打打，扣墙缝里的青苔，还掏出柄放大镜，凑近雕花木窗瞧。

"这包浆这纹路，典型的明代风格，难得一见，美哉美哉。"老头子自言自语，一副陶醉的模样。

林经纬暗自发笑，什么眼神？破屋两间，花窗倒是蛮精致，东西各一扇，菱形镂空，雕刻着飞鸟图案，正中一朵半开莲花。

"家里人呢，出来聊聊。"老头说。

"不好叫，就我独种。"杜三平抠出一团鼻屎。

"我要的不止花窗，连整栋屋的。"老头又说。

"这我说了不算，屋要拆了，这块地都是开发商的。"

"兔崽子胆真够大，老祖宗留下来的，动不得。"老头用手杖嘟嘟敲地面。

"这年头，有钱就是祖宗。"

老头转了好几圈，恋恋不舍地走了。杜三平对林经纬说："花窗原来镶有红玛瑙，早被偷了，就剩下窟窿，林记者你要赶紧拆去。"林经纬连连摆手。收藏还得讲眼缘，这玩意没入法眼。

杜三平瞅着花窗，眼神迷离地看着一个女人走过来，说："她脸圆、眼睛圆、屁股圆，浑身上下都滚圆，有肉感，有喜感。"他就爱趴花窗边，看这个女人。林经纬问："这么中意，咋不去追？"杜三平说："倒想呢，她爸老母鸡护崽似的，盯得太牢，没机会下手。"林经纬说："人穷气不能短。"杜三平说："早遇着林记者就好了，给我打打气，我这个人就是胆小。"林经纬鼻孔哼出气，不置可否地笑笑，问他："屋迟早都要拆，唱这一出'寻神龛'有意思吗？"他说："确实没意思，戏台都快倒了，做做戏，图个热闹。"

五驼村上下弥漫着新翻的泥土味，村民几乎将杜三平家里里外外刨了个底朝天，一直挖啊挖地，神龛的影子都没见着。他们还不愿停，越翻越起劲，甚至从废墟里扒出了自家用过的破瓶罐、铁铲、搓衣板、婴儿推车……有些是他们扔掉的，有些是走得急没带上的。这些破烂在房前聚拢成小山。挖累了，坐下来挑挑拣拣，舍不得放下，瞅着哪样都有烙印，哪样都还能派上用场。

两天过去，神龛没找着。当着众人的面，杜三平在合约上扭扭歪歪签下自己的大名。事后，越来越多村民相信，房地产商私底下肯定贴钱给"吊眼"了，不然按他们对杜三平的了解，事情不可能这么容易就结了。扫除一切障碍后，推土机当场加足马力向前行进，张开血盆大口把阻挡眼前的一切统统推倒，一堵堵遮挡风雨的墙纷纷倒地。推土机慢慢朝戏台挺进，巨齿一触到柱子，枯木般咔嚓折成两截，翘角顶朝一边倾斜，瓦片哗哗往下滑落，咔嚓，又一根柱子断了，整座戏台轰地全塌下来，扬起一阵尘土，小树、铜镜、横梁埋进废墟里，成了新一堆废墟。村民发出一阵惊呼，个个开始挺着身子站屋前，随着推土机的行进，一步步后退，刚刚翻出来的旧物被碾压，吞噬，陷进废墟里，地面多出两道带锯齿的车轮印，像刀给大地划拉开的口子，赤裸裸地扎眼。

"且慢动手！"一声大喝，粉红老头不知从哪里钻出来，撑开双臂，挡在轰隆隆前行的推土机面前。驾驶室的人显然没听见，往前开，离老头的身子越来越近，眼瞅着就要把人卷进去，人群爆发出尖叫。

马主任脸色白转红，红又转白，恶狠狠瞪着杜三平："你找的人吧？"

杜三平朝他连连摆手，缩着身子往后退，想找东西靠一靠。后面的人二话不说，架起老头往外拉，出人命谁都担不起责。

"老祖宗的东西，拆不得，拆了要天打五雷轰！"老头嚷嚷着，衣服裤子沾满泥土，不知哪来的力气，竟然挣脱了拉他的人，从地上抓把土，往拉他的人脸上一扬。摄像小哥只顾看热闹，竟然忘了开机，鲜活的瞬间生生给错过了。

正在这时，马主任接了个电话，一脸无奈的表情，白手一挥，推土机停了下来。继而，车队撤出五驼村，这下，包括杜二平、小康支书、村民和林经纬都愣在那里，像一尊尊雕塑。后来大伙纷纷猜测这老头是房地产商他亲爹，闹闹比谁都管用。村民马上反对："有这么给儿子挖坑的亲爹？保不准是省里下来微服私访的领导，他说不能拆就不能拆。"也有村民说："看老头的穿着打扮，保不准是港商，这年头谁有钱谁说了算。"

小插曲影响不了大格局，杜三平的两间老屋临时改成工程建设指挥部用房，在外面挂了块白底黑字牌子。施工人员嫌银杏树进出挡道，先是把树干拦腰截断，而后开来挖土机把树根从大地母体里剥离。银杏树哀叹一声颓然倒地，露出纷繁交错的根系，根连着泥，泥缠着根。一个工人眼尖，发现树根下有样东西，用塑料布裹着，以为拾到宝贝，打开一看，是只霉烂的神龛，轻轻一碰散了架。他直呼晦气，一把扔进土坑里，连同砍下来的银杏树枝，浇上油，点着火，烧了。

火光冲天，把五驼村连绵的山峰映得红彤彤的。

废村 ／

181

三个男人一台戏

一　麻雀

大清早，曾梭就被鸟声吵醒。加班到凌晨一点多，主任告知讲话稿领导审过了且很满意，他连桌上资料都懒得整，回到家倒头便睡，做梦时间都没舍得给。

窗外有棵樟树，树干爬满青苔，顶端鸟窠住着麻雀一家。天蒙蒙亮，麻雀站枝头"叽叽喳喳"练嗓子，声音短促，节奏分明。因为租住的房子与办公室就一墙之隔，走到哪边麻雀声都不绝于耳。有时烦了，曾梭会朝树上扔石子，可麻雀就是赖着不走。

"利奇马"台风来袭，曾梭住得近，率先赶赴单位，跟有着"拼命三郎"称呼的领导风里来雨里去跑了半个多月，人累得狗样，最终荣获全市抗台先进个人。表彰会上，曾梭做典型发言，说得有高度、有深度、有温度。言毕，台下掌声雷动。与同学聚会，他掏出肺腑之言："想当先进，住得近，准没错。"

曾梭磨蹭着从床上爬起来。两只麻雀立在靠窗枝头，一只橙色头冠灰白羽毛，一只瘦小，两口子正仰头相向鸣叫，剪刀尾巴颤悠悠。曾梭先是噘嘴吹口哨，继而捏住喉咙模仿"啧啧"叫了几声。窗外麻雀怔了一下，小脑袋左转右转，又唱起来。曾梭打开冰箱抓把小米撒窗台上，自己躲在窗帘后。金灿灿的小米很惹眼，麻雀一前一后跳到窗前，低头匆匆啄了几粒，警觉地直起小脑袋。

"叽叽，没人。"又尖又细的声音飘过来，曾梭愣了一下，屋里没其他人。

"小心，有好吃的地方有网。"声音再次传来。曾梭瞪大眼睛，见两只麻雀嘴巴一开一合，是麻雀在说话！曾梭一惊，自己居然听得懂鸟语！曾梭一喜。

"喳喳，黄光光好东西，人这怪物也好这一口。"

"那胖子，拿着黄光光，笑眯眯。"

窗帘飘动，麻雀一惊飞走了。曾梭一愣一愣的，胖子？黄光光是啥东西？疑问盘旋在脑瓜里，但因上级要来验收竣工工程，一大堆汇报材料得准备，曾梭通宵达旦熬得眼墨黑，只好暂且把这事放下。周五，领导说外面冷，让曾梭去他房间取件风衣。领导的办公室是南北通透三开间，因办公用房面积标准有限制，特将北面隔成休息室和会客室，领导习惯把单位当家。曾梭头一回进北面房，与办公室隔扇隐形门。屋里有点乱，风衣挂在床头，曾梭取下正要走，有东西晃眼。他定睛一看，半开的床头柜里躺着两根黄灿灿的金条。曾梭想起鸟语，莫非……吓了一跳，整个人哆嗦着，退出房间。

可不能往坏处想领导，自己手上没有真凭实据，说是听麻雀说的，准当你是神经病，或许只是领导的个人收藏爱好呢？心里藏着事挺烦心。麻雀倒好，清晨，呼啦啦一群飞出去。黄昏，呼啦啦一群飞回来。

隔了数日，曾梭下定决心去敲门。这门平常他也进出。领导正审阅文件，肥硕的脑袋，看不见脖子，他说："笔头够硬，好好干。"曾梭涨红了脸，显得有些局促。领导见他光站着不说话，问："有事？"曾梭好久憋出一句："我知道了。"领导莫名其妙，瞄他一眼。曾梭靠近些，朝隐形门努努嘴，压低嗓子继续说，"我都知道了。"领导怔一下，一副茫然模样："你知道什么？"曾梭平生最看不惯虚伪的人。此时，窗外麻雀的喳喳声此起彼伏。曾梭喉咙管一紧，两片嘴唇弹琴似的，叽叽呱呱，噼里啪啦，把自己听到的、看到的、想到的倒豆子般全倒了出来。领导两眼瞪得铜铃大，好像面前站着他从未见过的陌生人。

曾梭说罢，浑身汗渍渍，如释重负，堪比跑"半马"（半程马拉松）。领导打电话叫进门卫，对他说："赶紧送医院。"曾梭慌了，没想到当面锣对面鼓接的是这一招，赖着屁股喊："领导，我说得千真万确，没骗人。"领导又叫进一个人，与曾梭同办公室且关系比较好的老金，两人关系很好。曾梭抓到救命稻草一般，对老金一通叽叽呱呱扫"机关枪"。老金惊讶至极，腾出手捂他的嘴，被曾梭狠狠咬了一口，疼得直咧咧。曾梭真不是想咬他，是生气他也不相信自己的话。老金与门卫一道把曾梭架了出去，曾梭边挣扎边喊："人在做，鸟在看。"领导砰地关上门，自言自语地说："这猢狲，讲些什么鸟话？"

在医院，曾梭昏睡数日，把加班失去的觉全都补了回来。做了心脑电图、核磁共振，没查出什么毛病，医生不敢贸然用药。老金得空去医院陪他，看他清醒了些数落他："你犯什么毛病，这样说话？"曾梭说："我怎么啦？"老金说:"别赖,我用手机录下来了。"掏出手机,找到一段录音,按下播放,先是嘈杂脚步声,随后"叽……"的一声高亢长音,似在开嗓子,又似在急切召唤,接下就是"叽喳、叽喳、叽叽喳喳……"一通鸟叫,节奏音律与麻雀仰天歌唱相媲美。曾梭糊涂了,戳戳自己的嘴巴:"这是我口里发出来的?"老金说:"可不是嘛,以为你把嗓子累坏了,还是领导关心你,说快送医院。"曾梭一把夺过手机,把录音点过来点过去反反复复听,越听越开心,竟然在床上手舞足蹈起来,连呼"幸好幸好"!把老金弄得莫名其妙。

二 网红

家住临洋小区的曹义江一夜之间红了,而且是前所未有的网红。

去小区公园溜达,邻居遇见说:"老曹,你可出名了。"去菜市场买菜,熟人见了说:"老曹,你火了,有照片为证呢。"曹义江开始有些纳闷,自己平时很少触网,怎么就整网上去了?心里总归是美滋滋,走路轻飘飘,好事做多了,想低调都难啊!他可是临洋小区有名望的角儿——社区调解员,今年六十八岁,秃顶,戴灰色贝雷帽,穿粉色衬衫、白色西裤,很是时髦,左邻右舍之间有矛盾,都爱找他给评评理,人称"曹一评"。

从众人不阴不阳的话里,曹义江听出了酸梅味。为证实猜测，他上网查看。果不其然，大彩照在网上挂着呢，尽管是侧脸，曹义江还是一眼认出是他本人，背手走在斑马线上，此时对面亮着红灯。这件标题为《选择》的摄影作品荣获了一等奖，正在政府网站展播。原来，市里举行"我与文明城市"随手拍摄影大赛，曹义江无意间当了回模特，入了镜头，瞬间定格成永恒。底下有网民跟帖：这不是某某社区的"曹一评"先生吗，这下倒好，成了"曹一闯"。

真是见鬼！这样的网红倒贴也不会要啊。曹义江心绪难平，一辈子为人师表，想不到临老了光辉形象毁于一旦，今后如何在大伙面前露脸？转天再遇到邻居，不等他们开口，曹义江就急着辩解："听我说，不是那回事。"大伙见怪不怪，反过来开导他："谁会认出是你啊，不用太在意的。"曹义江心里憋屈着，饭也吃不好，觉也睡不好，决心去找组委会评评理。

几经周折，在市府大院附属楼一楼，曹义江找到了本次摄影大赛组委会。接待他的是个二十来岁的小年轻，脸上长满痘痘。他以为曹义江是来领获奖证书的，笑着说："大爷，不用麻烦您跑来，我们会把证书邮寄给您的。"

"不是，我是来——"曹义江走得急，说话接不上气，卡壳了。

"哦，您来投稿？我们活动已经结束了。"

"还没结了！"曹义江沉着脸，吼出一句，把小年轻吓一跳。

他让小年轻打开政府网页，找到那个摄影作品。小年轻以为老人对评定结果有意见，左看右看没看出什么毛病。曹义江让他再仔细看，终于看出点端倪来。

"拍的不是正面，谁会知道啊？您多虑了，哈哈，大爷。"

"都指名道姓的了，这是严重损害我的名誉权。"曹义江义正词严地说。平时，他给大伙调解都是和风细雨，这回轮到他自己，得先有个基调。

"我们是全市大型公益活动，不进行商业化运作，不涉及肖像权、名誉权。"小年轻耐心地解释。

"我不管这些，闯红灯，给我一百个胆我也不敢啊。平时过马路很小心，看别人走我才走。"

"有没有这种可能，您就是跟在别人后头，一不小心——"

"一不小心就撞车上啰，能拿性命开玩笑？我是色盲！"说出这话，曹义江卸下担子一般，浑身轻松许多，小年轻则是一脸糊涂。

眼见的不一定就为实，这倒让人始料未及。小年轻让曹义江稍坐片刻，出门后不久，领着另一个人进来，介绍说这是创建办的李主任。

李主任见到曹义江又握手又递茶，说："是我们考虑不周，照片我们会作出解释说明。"见领导如此谦恭，曹义江也不好再板着脸。李主任又说，"眼下全市正在紧锣密鼓争创全国文明城市，中国式过马路是一大顽疾，通过摄影大赛，就是要让群众自己监督自己，希望老人家多多理解，多为城市建设建言献策。"话语里透着真诚，曹义江想着既然来了就不能白来，也就不客气了，打开话匣子提了一二三点意见，李主任嘱咐小年轻好好记下。

曹义江被领导接见并亲切交谈的事，在临洋小区谈论了许多天。开始是将信将疑，但看曹义江走路从瘪塌塌重返雄赳赳气昂昂，大伙认为可能是真的。

过些日子，市民意外发现大街红绿灯旁竖了一样东西，按下会响，提示红绿灯通行时间。再过些日子，礼让斑马线上的行人活动轰轰烈烈开展起来，戴红袖套的大妈站在路两旁，拿着小红旗指挥，行人过马路更安全。

后来，一则可靠消息传来，国家暗访组来了又走了，给出中肯评语：在创建文明城市工作推进中，以人为本，以小见大，值得各地推广学习。后来，又有更加可靠的消息传来，这些贴心暖心的创意来自某小区一位曹姓大爷。能掘地三尺的记者找到临洋小区来，曹义江躲都躲不开，忙得不亦乐乎，邻居找他评理都没空。

三　悬崖之上

余群业余写小说三载有余，投稿石沉深海，至今无片言只语见诸报刊，苦闷不已——踌躇满志想成大作家，却写得直接怀疑人生。后经人牵线结识一文学大师，战战兢兢奉上小作。大师戴上老花镜，边看边摇头："太平了，你的故事结构人物都太平了，像个纸片人。"余群眨巴小眼睛，一副无辜受伤样。大师心怀慈悲，进一步指点迷津，开头就要把人物事件置在悬崖之上。余群如获至宝，把大师肺腑之言牢记于心，细嚼慢咽，虔诚得如老牛反刍，期望有所顿悟。可现实中一派太平盛世，人人一团和气，道路一马平川，哪来那么多悬崖灵感？无奈之下，他得空便独自去山里游荡，真悬崖也不敢上，有恐高症，找小土坡盘坐冥想，微闭双眼，一动不动，任东南西北风狠狠地吹，像个荒野幽魂。

好友庞龙得知余群新添独门癖好，笑得前翻后仰，说："又有个呆子横空出世。"余群也不恼，问："还有个呆子在哪儿？"庞龙说："是朋友姐姐的小叔，现实版留在悬崖上的人，可供你当创作原型。"余群立马来了兴致，说："帮我引荐引荐。"庞龙说："引荐难，独自隐居山林里整七年了，老婆孩子都不见，能见你？"余群说："他是在等我。"庞龙鼻孔哼出粗气。

余群凭着不见呆人誓不休的韧劲，打听到呆人隐居地，欣然驱车前往。山路弯弯，有座寺院，院墙坍塌，香火冷清，一老头和十几条流浪狗在此居住。老头眼神清澈，不像和尚也不像呆人。继续前行，遇水库，碧水涟漪，周边草木葱茏，余群沿坝头踽踽而行，大铁门挡了去路，门上拴铁链，锈迹斑斑，门内立一白色小屋，四面皆陡壁。他气运丹田喊道："有人吗？有人吗？"声音撞着石壁转回到耳朵。

喊了数声无应答，余群正欲转身离去，只听得茅草窸窣有声，一个黑影从数丈高的墙壁飘然而下，轻盈如同蝙蝠，依稀可辨是个有头有脸长着人模样的人，定是那呆子无疑！余群暗喜，用力拍打铁门："请开门，请开门。"呆人朝他龇牙咧嘴，发出恶狠狠的嘶嘶声。余群一惊，不由自主地后退几步，俯身捡石头，弯腰那点工夫，呆人已遁入山林，消失得无影无踪，只留树梢晃动，鸟儿啁啾。

庞龙得知余群真去找寻呆人，大大嘲弄一番。余群不为所动，问他那呆人为何弄得这般人不人鬼不鬼的，简直现代版白毛男。庞龙把自己所知如实相告，先是传此君患鼻窦癌，遵医嘱进山休养，从此嫌世间尘土飞扬过于浑浊，不再下山。后传患病是假，逃避债务是真：此君经营二手车买卖，迷上六合彩，最后血本无归。最新版本是为情所伤，爱上网络女主播，挣的钱全用来打赏，家里闹得鸡犬不宁。打赏断了，女主播撇撇小嘴不再搭理他。庞龙强调，此说法出自朋友姐姐之口，可信度颇高。余群有颗为文学献身的孤胆，信誓旦旦一定要撬开铁门解救呆子，让其重返人间。庞龙说痴人说梦无疑，哥几个早打过赌，谁能让呆人下山，谁就获得珍藏版茅台两箱——后来两箱提高到五箱，至今无人成功领取。余群问："真有这事？"庞龙点点头，说："他们先是请大厨在铁门外架炉灶，鸡鸭鱼肉油炸、清蒸轮番轰炸，呆人蹲悬崖上一动不动，雕塑一般。"后请高挑美女在月色如洗的夜晚跳舞，呆人依然不动声色。继而灌输靡靡之音，许诺高官厚禄，呆人心静如止，如一汪碧水，波澜不惊且深不可测。

余群心想，此君不食人间烟火，早已脱离凡尘杂念，成非常之人，常人常念怎能入他法眼？于是辞去工作，挑着被铺，在铁门外寻得数丈陡崖，置身其上，与呆人遥遥相对。

呆人跳跃，他则跳跃；呆人攀爬，他则攀爬；呆人咧嘴，他则咧嘴；呆人不动，他则不动，活脱脱成呆人一面明晃晃的镜子。数月后，呆人小心翼翼打开铁门，主动靠近余群。

　　余群下得山来，头发蓬乱，眼窝深陷，透着野兽般的光芒，身上衣衫成条状，沾满枯草，身形与野人无异。偶遇大师，大师问其找到悬崖上的感觉没有。余群脱口而出："彼此诱惑，难分伯仲。"大师一愣，余群接着说，"彼此照见，而已而已！"大师挥手大笑而去。

训

眼瞅再过十来天就过年了，有志愿者给威平镇七十岁以上老人照相，季丙川除了和老伴拍张合影外，还单独拍了张半身照，说放大可以当遗像，即用即取，当场把志愿者给逗乐了，说大爷您想得真开啊。季丙川没正形地说："活一天赚一天，够本了。"照片里的他着旧式草绿色军装，风纪扣扣得严实，眉眼特宽，嘴角夸张地朝上咧，脸颊额头满是褶子，打眼一看不像他本人。

　　平常家里就他与老伴田景，两个儿女都不在身边。现年七十六岁的季丙川身子骨算硬朗，生活有规律，酒不太喝，烟倒抽得猛。早晨6点准时起床，洗把冷水脸喝杯热牛奶，沿河边绿道慢跑两圈，打会儿太极，再背着手慢悠悠蹓回家。与他形影不离的是只卷毛狗，名叫小雄。他跑步，小雄一蹦一跳往前蹿；他打太极，小雄匍匐在地，盯着枝上叫得欢的鸟，保持随时扑上去的姿势。熟人遇见打招呼，没等季丙川回应，小雄支棱起耳朵"嗖"地蹿到来人面前，不知情的以为它要咬人。季丙川嘴里清晰地吐出两个字："立正！"小雄往上一耸，抬起两只前腿，灰肚皮一鼓一瘪，踉跄站定，昂起毛茸茸的小脑袋。瞧这小样儿！熟人见状哈哈大笑，季丙川脸上褶子舒展开像朵金黄色菊花。不过指令也有失效的时候——当隔壁建敏妈牵着她家柯基狗走过来，小雄立马狗眼放光迎上去，亲昵地挨着柯基打转，贪婪嗅它的蜜桃臀，任凭季丙川扯嗓子喊多少遍"立正"都没用，气得他跺脚骂："狗崽子，驯不熟。"

　　田景爱跳广场舞，大冬天穿纱裙，贪图美度忽略温度，结果高烧39°3，又吐又拉。季丙川挤兑老伴："还美呢，中招了吧？"田景虽浑身无力，但嘴上照样犟："谁'甩辘子'说不准。"让她去医院挂针，又死活不肯去，在家躺了七八天终于挺过来，身子酸痛，嘴巴寡淡，吃啥都没味儿。季丙川正好口袋没烟，想着顺道给她买碗麻辣烫来，便摘下老花镜急急出门。他拎个黑塑料袋，走路急匆匆，结果半道上像被人猛击了一拳，弯下身子，脸憋成猪肝色，大汗淋漓，挣扎着往前哪儿步便一头栽倒在地。等街坊邻居七嘴八舌叫来救护车，人已昏迷，嘴张着，像呼救最终没喊出声。镇医院条件差，救护车颠簸一个多小时，将人送进市立医院，医生诊断是心肌梗死，下达病危通知书。田景像旋转的陀螺被反抽了一鞭，摇摇晃晃失去定力，走路踩棉花似的，嘴里碎碎叨叨："刚刚不是还好好的吗？"她失去弹性的脸颊深陷，颧骨突出，一缕灰白头发粘在额前，脑后挽个稀松发髻。

季丙川鼻孔、嘴巴插满管子，手脚会突然抖动，护士说这是无意识痉挛，田景还以为老伴要醒了。田景进不了ICU，只能在规定时间隔玻璃窗探视，站久了腰酸背痛。邻居老葛头讲义气，戴着黑口罩跑前跑后，不时提醒田景，赶紧打电话让俩孩子回来，凡事好有个帮衬。田景说："哪能回来就回来？孩子都忙事业。"入夜，田景租个陪护床在急诊室走廊凑合睡。护士劝她，ICU是二十四小时监护，陪着也没用，还是去外面旅馆住吧。可她就是不走，觉着离老伴近点心安些。急诊室的灯不分昼夜明晃晃亮着，走廊有扇通往ICU的自动门，不时有医生护士窸窸窣窣进出，开了又合，合了又开，犹如生死界，里面的人挣扎在死亡线上，外面的人只能无助地守着，等着，盼着。田景躺下想眯一会儿，眼皮很沉，脑袋藏口钟似的滴答作响，耳朵异常灵敏，稍有动静就支起身子朝门方向望望，弄清里面到底发生了什么。寒风从楼道口灌进来，窗外樟树枝条擦着玻璃窗，鬼魅般左右摇摆。

"好看又不能当饭吃，你嫁的是硬汉。"当年，身为副营长的姐夫给她介绍对象时说。田景打量了对方一眼便垂下眼帘，长睫毛划出道弧线，眼前人一身笔挺军装，毕恭毕敬站着，脸上生生多出一只眼似的，有点像二郎神杨戬。姐夫对这位连长赞赏有加，说他带出来的兵个顶个神勇，姐姐也在一旁怂恿，她半推半就应允下来。这一年，她24岁，季丙川31岁。五年后的冬天，季丙川转业到老家威平乡当文书。威平是滨海之乡，距离汕头近千公里。站在摆对石狮子的威平乡政府门口，田景怯怯地往里探，两层木结构旧楼，廊檐挂着半尺来长的冰柱，敲下来可以当冰棍呲，旁边有幢矮围墙的小楼，院里晒满被褥衣服，花花绿绿的。四五个穿棉袄、戴棉帽的男人缩着脖子围在破脸盆旁烤火，见来了个退伍军人，齐刷刷望，军人后头跟个长辫子腹部隆起的清秀女人，女人牵个穿花棉袄挂鼻涕的小女孩，女孩眼睛贼亮，滴溜溜四处转。

安顿好后，季丙川借来辆凤凰牌自行车，车后座加了个软垫，小心翼翼地载着田景去看海，算是完成一个男人许过的诺言。田景不愿跟他回来。他说:"我老家跟你老家一样,天天有海看,有海鲜吃。"乡政府离海边有三十来里路,全是泥泞坑洼的机耕路。他们骑骑走走,直到晌午终于站在海塘坝上。浊浪一波来一波去,企图撕开阻挡的一切撒欢而去,站坝上的人都要被碾碎吞噬。浪花舔着田景的脸,有股腥臊味,海水没有南海清澈透亮。站在这头遥望那头,长这么大没离开过家离开过父母的她,真正是背井离乡,除了眼前称为丈夫的男人,今后的生活会是怎样?海天相接,一片茫茫。

季丙川毕竟只有小学文化,尽管在部队接受锻炼教育,离给领导写讲话稿的水平差得远,平日就递递文件送送报纸,小文书当得有点闲。他很快给自己找了个活儿。女儿季小军整天呼哧呼哧蹲鸡窝边等母鸡下蛋。这娃生下来就少奶水喝,半个巴掌大的脸蜡黄蜡黄,小不点一个。清晨,没等围墙外王四婆家公鸡打鸣,季丙川就从床上爬起来,穿上摘去领章的军装,戴好帽子,束紧腰带,揪起睡梦中的小军,胡乱给她套上衣服,田景不晓得他要发什么神经。季丙川抱着孩子来到乡政府后院操场上,院墙被台风刮塌一角,北风直愣愣往里灌。小军半梦半醒,看着老爸一张拉满弓的脸,季丙川清清嗓子喊:"立正!"小军生在部队长在部队,天天拖根小木棍跟一群男孩屁股后,玩累了蹲操场边看战士们训练,哪能不熟悉这口令。小短腿往里一夹,手在两旁一并,身子立得笔直,棉衣扣子没扣好,露出红毛衣,模样挺滑稽。季丙川接着喊:"稍息!"小军脚被鞋带一绊,"扑通"跌倒在地，咧咧嘴硬是没哭，牛皮桶似的。季丙川把高帮皮鞋朝地端得嘎嘣响，要是新兵蛋子，早飞毛腿踢过去了。田景裹着大衣跟出来，愤愤地说："大冬天的抽什么风，还以为在部队呐，拿孩子过瘾，有本事操练别人去。"说完拉起孩子就走。小军脸蛋冻得通红，鼻涕成硬疙瘩，用手一搓，刺啦划出道鲜红的血印。"你懂什么？"季丙川虎着脸吼一句，依然我行我素，孩子嗜睡起不来，屁股蛋上多出几道巴掌印。

田景心疼孩子，搬来于况山当说客。于况山和季丙川同在二营，关系铁得很，比季丙川早一年转业，在临乡当副乡长。"同过窗、下过乡、扛过枪"结下的情谊就是不一般。老战友来访，季丙川嘱咐田景烧几样拿手好菜。田景忍痛杀了只会下蛋的鸡，炖了锅母鸡蘑菇煲。三杯糟烧酒落肚，季丙川身子热起来，红着脸忆往昔话今朝，感慨良多。田景在一旁给于况山递眼色，于况山放下酒杯，摸摸鸡爪啃得起劲的小军脑袋说："好久没见，娃长高了。"季丙川扬扬得意地说："老于，向你汇报下训练战果。"说罢，"啪"地打掉小军手上的鸡爪，拉她站在两人面前，喊道，"立正！"小军不舍地望一眼掉地上的美味，乖乖挺直身子，稍息、立正、左转、右转，小家伙板着脸做得有模有样，逗得于况山开怀大笑。季丙川像只开屏的孔雀，屁股在硬板凳上辗来辗去。

"老季，你这是在培养兵二代啊，差不多得了，都哪个年代了？"于况山收住笑说。

“哪个年代不都需要当兵的？得打小培养。”季丙川眼睛都喝红了。

“小军要好好读书，长大建设祖国，建设家乡。”

“书要读的，别像我，没，没文化。”季丙川舌头卷不过来，“人，正步走，齐步走，得朝前——走。”

季丙川滴水不进，田景使出撒手锏，搬出八十高龄的婆婆。儿媳妇操着一口绕七拐八舌头打卷的广东话，婆婆老半天才听明白是怎么回事，踮着小脚跑到乡里，搂着孙女一把鼻涕一把泪地把季丙川好一顿训斥，临走放下狠话：“再折腾孩子，就上法院告你去。”季丙川在老娘面前像个听话的小学生，歇了两天故态复还，操练也会成瘾，欲罢不能。田景全面“缴械投降”，再也无暇顾及，晾衣服时摔了一跤，早产生下个男婴，幸好母子平安。在给孩子取名上，夫妻俩又闹腾好一阵子。“就叫季小兵！”季丙川抱着粉嘟嘟的婴儿说。田景头上包着白毛巾，倚床头正喝姜汤，一听这话汤也不喝了，噘起嘴说：“又是军又是兵的，你想当加强连连长啊？”季丙川固执己见，还是婆婆出面调停，说坐月子的女人不能气，不然没奶水。季丙川嘴上没说，但给儿子登记户口时毫不犹豫地写下：子，季小兵。

小兵八个月大时，季丙川工作有了变动，按当时院子里乡干部的普遍认知，变动算中性说法，其实是被“流放”了。潘书记亲自打来电话谈的话，连季丙川自己也颇感意外。他整整军装，扣好风纪扣，在众目睽睽之下，迈着军人标准步伐，齐步走上二楼，推开书记办公室的门。这门平时他也进，只不过放下文件报纸就走。过了好久，季丙川跟进去时一样，摆动双臂齐步走出书记办公室，至于谈了什么，他嘴巴紧没透半点口风。

季丙川的确是被潘书记亲自"请"到办公室。季丙川推开书记办公室的门时，潘书记正在审批文件，见季丙川进来，示意他先坐。季丙川中指紧贴裤缝，笔挺站着。

"不用这么拘束。"潘书记说。

"我习惯站着汇报。"季毕川说。

潘书记说不要他汇报，季丙川这才半个屁股挨椅子坐下。

潘书记慢条斯理地说："经济发展就要走不寻常路，威平乡靠海，大海是座宝库，我们要向大海要财富。"

季丙川听得一头雾水，很是纳闷，他就一小文书，跟他说这些做什么？发展不是你们领导层该考虑的事吗？潘书记关切地问他家里情况，最后道出真实意图："给你支队伍，搞甲壳素研制，干不干？"要说56式、64式冲锋枪之类季丙川是门清，什么素，他打娘胎出来就没听说过。潘书记笑嘻嘻地从抽屉掏出样东西，贝壳大小，雪白透亮。季丙川瞪大眼说："这不是蟹壳嘛，海边多的是。"潘书记说："你可看仔细了，这是平常的蟹壳吗？是经过十八道工序加工成的宝贝，上万元一吨。"听到万元，月工资才百来块的季丙川瞪目结舌。潘书记接着说，"这东西学名叫可溶性甲壳质，通讯导线、航空航天、军工都要用到它，目前仅上海、温州两三家企业生产，供不应求啊。我们得想一切办法把它研制出来，为家乡发展开辟新路径，乡里经研究决定由你牵头来挑这担子。"

季丙川不知怎么的就应允下来，被潘书记一番话游说得热血沸腾，觉得这事非他做不可，换个人就成不了。潘书记见季丙川不再言语，朝他喊了声："立正！"季丙川条件反射似的站立起身，挺起胸。潘书记喊，"向后转，齐步走！"

听季丙川说要搞什么素的研制，保不准会有危险，田景发飙了："这才过几天安稳日子，你又开始折腾，院里这么多人，为啥偏偏点你，要文化没文化，就烂命一条，万一有个好歹，叫我跟孩子怎么活？"被老婆一通数落，再加听到的风言风语，季丙川心生懊悔：冲动真是魔鬼，这么大的事，得好好思量再做决定。这事可是破天荒从没人干过，成了，是领导的功劳；不成，自己在同事面前落下笑柄，永远抬不起头。又想，堂堂正正一军人，说话从来一言九鼎，不好往回收啊。围墙外的稻子半黄半青，季丙川挑着被褥上路了。这天潘书记恰好去县里开会，乡干部个个显得特忙碌，没人来送行。田景左手牵着小军右手抱着小兵，泪眼婆娑，跟了一程又一程。小军摆摆手说："爸爸，再见。"季丙川眼眶一热，走了，头也没回。

实验基地设在海边偏僻的农场，鼎盛时期，曾有三百来号人在这里劳动生活，现已人去楼空，资产划归威平乡政府所有，五排低矮平顶屋，周边是成片橘园，枝头挂满黄澄澄的果子。季丙川挑着被褥，足足走了三个多钟头才到达目的地。天苍苍野茫茫，耳边海风吹，头顶孤雁飞，越走心越凉。见到实验组成员更是瓦凉瓦凉，这哪算是队伍？散兵游勇差不多，两个当地农民加四个留守人员，其中三个在等待安置。听说来了个"硬头颈"的连长哥，他们便蹲在农场门口守。蜿蜒的机耕路尽头渐渐出现高个汉子，头发、脸、衣服、鞋子蒙层厚灰土，就剩乌溜溜的两只眼睛，整一个从瓦窑钻出来似的，担子两头随走路左右晃荡。彼此一照面，哥立马成了传说，大伙提着的心落回到肚子里。

　　洗漱后的季丙川换了个人，精神抖擞，立马召集大伙开会，当面问："甲壳素知道不？"六个人面面相觑，谁也答不上来。不是装不知道，是真不知道。季丙川心里直犯嘀咕，和我一样全白板啊，这可咋整？一种深陷众敌围困、孤军奋战、成事在天的悲怆涌上心头。他肚里没多少墨水，说话语气硬邦邦，没法让人激情澎湃。憋了好一会儿，最后说："散会！"大家立马作鸟兽散。坐后排的王元泽没挪窝，用忧郁的眼神看着他。王元泽娶了当地姑娘落户在农村。转天，季丙川独自挥着铁锹，把平顶屋前的操场的杂草铲干净，坑洼地方用小石子填平。六双眼睛你看我我看你，盛满疑惑，用不着猜，答案马上揭晓。一大早，太阳还在海平面戏水，"嘟嘟"哨声响起，把大伙从睡梦中惊醒。从被窝里伸出乱蓬蓬的脑袋，听没啥动静，打个哈欠又缩回去。农场地处偏远没啥娱乐，白天吃饭、喝酒、撒尿，晚上麻将、老K，哪起得来啊？紧接着，又一阵刺耳的哨声，他们朝窗外一瞧，季丙川一身军装，脚蹬高帮皮鞋，昂首挺胸地站在刚平整好的操场上，喊道："紧急集合！""发什么神经？"尹志辉嘟哝一句，他个矮，尖下巴薄嘴皮。磨蹭老半天，六个人衣衫不整地站在季丙川面前。季丙川两道浓眉紧锁，大声宣布："从今天起，实施军事化管理，早晨六点准时起床，开展军事课目训练，晚上九点半准时熄灯睡觉，外出必须履行请假手续。"季丙川说得斩钉截铁，大伙互相看了看，集体保持沉默。"稍息！立正！"季丙川高亢的喊声在广阔天地间回荡，把大雁惊得都绕道飞。开头几日大伙觉着新鲜，依样画葫芦照做，哪知季教头一天一个花样，军姿、队列、跑步、俯卧撑，就差荷枪实弹训练了，没有丝毫妥协的样子，越练越起劲，弄得个个胳膊不是胳膊腿不是腿。最令他们讨厌的是所谓的请假制度。原本天高皇帝远，几个年轻人耐不住寂寞，夜里溜出去与相好约会，这下倒好，统一走不成了。

"听说得罪领导了，才发配到边疆来的，明显是公报私仇，尽拿我们出气。"

"照这样下去，没等什么素搞出来，就被这家伙折磨成鬼样。"

"联名告他去，尽浪费宝贵光阴，不务正业，我们是要在广阔天地大有作为的。"尹志辉说得很理直气壮。

王元泽一直没开口，脸上带着病态的苍白，许久没见太阳似的，六个人当中数他文化程度高，高中毕业。季丙川找他聊过几次，那块透明的薄片被揉捏得发烫，看得两眼发直，也瞧不透其间奥秘，明知与又糙又硬的蟹壳相差十万八千里，就是不知从何入手。

周日休息，季丙川坐门口叮叮当当修高帮军鞋。鞋后跟磨损得一边高一边低，他找块铁皮钉上，像给马蹄钉马掌，敲得大伙头皮发麻，仿佛看到难熬的日子还在后头。尹志辉坐不住了，带头发难："季组长，领导把重要的科研任务交给我们，就要不折不扣地完成，不辜负同志们的信任，不辜负领导的嘱托。"跟他后头的人点头附和。季丙川头也没抬，敲得更响。尹志辉嘚瑟起来，继续演说，"你整天把我们操练来操练去，这是不务正业，是白白浪费我们的青春，浪费国家宝贵的资源，这是严重的犯罪！"估计这家伙把话酝酿了好久，暗地里背了好久，越说越顺溜，全然忽视季丙川越来越阴沉的脸。等他叽里呱啦完，季丙川直起身子，拎着皮鞋吹吹，欣赏自己的手艺，接着对尹志辉晃晃，问："请教一下，鞋子是做什么用的？"尹志辉怀疑耳朵听错了。季丙川阴沉一笑，"孙子！是教你怎么走路的。"说罢，举起皮鞋径直朝尹志辉头上敲去。尹志辉没料季丙川会动手，脖子本能一缩，跳开几步。"奶奶的，还敢打人。"他骂骂咧咧想操家伙，被后面的人一把抱住。季丙川冷笑说："在战场上不听指挥，老子一枪崩了你！嘴上没长毛的家伙，还敢教训我？"在部队他带过一个名叫毛伟超的兵，湖南韶山冲人，能说会道，鬼点子多，真以为自己是超人。真正训练起来，别人做二三十个引体向上，他十个不到累成熊样，还为争上下床铺动手打人。这下把季丙川惹毛了，分配他一个轻松的活儿——背诵毛主席老人家的诗词，一天一首，完成有饭吃，完不成只能饿肚皮。"毛超人"跟季丙川一样小学毕业，估计大半时间都是溜出去掏鸟窝，挨字读顺都难，别说背了，接连饿了三天，头晕眼花，走路、撒尿两腿都在抖，最后乖乖认错服管了，把刺毛捋顺就好办了。季丙川升连长前当过三年侦察兵，练就火眼金睛。他观察过王元泽，是个老实人，家安在农村一心想做事，两个农民兴不起什么风浪。其余三个包括尹志辉纯粹混日子，做一天和尚撞一天钟。原先在这里的人考学的考学，进城的进城，就剩他们不三不四没着落，一定不是什么上进人。他只是吓唬吓唬他，没想是个软骨头。

转天，太阳没起来，集合哨准时响起。平顶屋里没任何动静，季丙川再吹，还是没有动静。他试着推门，门没锁，进屋一看，个个横七竖八地在床上躺平挺尸呢。拉这个，这个说脚疼；拽那个，那个说头疼，反正没一个是囫囵身的。好家伙，季丙川明白了，这是集体抗训，那就索性来个"一锅端"。于是搬把矮凳坐门口，开始擦高帮皮鞋。尹志辉撩起被角，见季教头身影像黑熊似的堵在门口，顿时脖子凉飕飕的。其余几个偷着乐，人生都躺平了，你又奈我如何？好景不长，他们几个昨晚商议对策，话多，水就喝多了，水一喝多，尿自然多，厕所可在屋外东北角，这下糟了！季丙川见被窝下有动静，说："不急不急，太阳还没晒到屁股上。"硬撑了一盏茶功夫，个个捂着裤裆已上蹿下跳，龇牙咧嘴，再不解放膀胱都要炸了。季丙川憋住不笑。尹志辉在床上跳起来，用脚踢窗子，窗子纹丝不动。季丙川不急不躁地说："出去也行，只是——"大伙异口同声连续蹦出三个字——

练！练！练！推开季丙川，他们飞也似的朝厕所奔去。尹志辉赤脚跑在前头，嘴里不停丝丝吸气，撒完尿拉上裤链，低声骂道："倒了八辈子霉，遇到这么个无赖。"

迫于季丙川软硬兼施的种种"淫威"，实验组成员天天训练，还学习内务整理，把宿舍弄得齐整，至于研制甲壳素的正事，没任何动静。实验室摆了两张桌，老鼠有空没空光临溜达几圈，拉下屎以示地盘归属。时间过得快，一个月后，潘书记亲自带着班子成员一行人来实验基地考察。季丙川早早列队齐整，站在农场大门口迎接。潘书记率先跳下拖拉机，掸掸身上灰尘说："这鬼地方，够呛。"站队伍最后的尹志辉抿着嘴朝其他队员挤眉弄眼。见大伙精神头十足，潘书记情不自禁地说："同志们，辛苦了！"队员齐声回答："为人民服务！"这是季丙川事先教的。领导一行依次走进宿舍，发现被子叠得很齐整，蚊子站上去估计都打滑，洗漱用具摆放分毫不差，潘书记越发高兴，连连说："队伍还得军人来带啊，看着就提劲。"前后转了一圈，意犹未尽，问季丙川，"还有呢？"季丙川答道："没啦。"潘书记的脸立马沉了下来，笑意百米冲刺般跑远了。走进实验室，就两张空桌子，几粒棕褐色老鼠屎闪着迷人的光芒。潘书记声音瞬间提高两个八度："东西呢？在哪儿？让你来做什么的？啊，瞎胡闹！"尹志辉几个站在门外，心里像无数可乐瓶同时引爆，真叫一个酸爽，恨不得进去一起指着季丙川鼻子骂。

间歇，季丙川说："你只给人，不给钱，怎么办事？"

"人就是资源，最宝贵的资源！"

季丙川声音也提高分贝："磨刀不误砍柴工……"

他的话很快淹没在潘书记如雷般的咆哮声中："完不成任务，我磨刀直接砍你脑袋！"

被好好训斥一顿的季丙川当着领导面立下军令状，十个月内保证成功研制出甲壳素，前提是资金要及时划拨到位，且专款专用不得截留。其实这个月他也没闲着，让王元泽翻阅相关资料，请教专家，把实验流程绘制成图，但苦于没有资金动不了。他把队伍分成三个组，技术研发组，王元泽为组长；原料组，以赵恩良为组长；设备采购组，以尹志辉为组长。为运输需要，特意审批购置了一台手扶拖拉机，算是实验室最先进的运输工具。尹志辉人小鬼大，不用人教，摆弄几回就直接上路了。坐在敞开式的驾驶室里，手扶方向盘，清风拂面鸟儿歌唱，附近村子大姑娘、小媳妇想搭便车去赶集，朝他笑得花一样，不时往车斗里扔橘子、苹果啥的。尹志辉装作没看见，头发一甩，胸脯一挺，个子立马长高四五寸，哼着小曲，"突突突"开走了。

研发逐渐进入正常轨道，季丙川家里可乱了套。田景独自带着俩孩子，顾头顾不了尾，有些焦头烂额，时不时跑到书记办公室哭诉一番。为了不让后院起火，乡里决定临时聘请田景为实验基地炊事员，每月发二十五块补贴。季丙川鼓动田景来实验基地，说："你不喜欢海吗，这里天高海阔，天天可以看海，滩涂地的橘子比蜜甜。"田景没动心。季丙川又说，"这里地大得很，随便养多少只鸡鸭都行。"这句话让田景动了心，她收拾起家当，带上俩孩子，坐着尹志辉来接的专车——拖拉机，到农场一看，前不着村后不着店，海风呼啸大雁劳飞，荒凉得很，哭闹了一阵子，可嫁鸡就得随鸡，好歹一家人也团聚了。

甲壳素终于如期被季丙川和他的团队捣鼓出来了。这成为威平乡乃至整个县轰动一时的大事件。各地纷纷前来取经，潘书记应接不暇，季丙川跟着出风头，向各位来宾介绍研发经过，锻炼机会多了，口才自然提高不少，知道什么地方语气要重，什么地方要缓，讲话收放自如，抑扬顿挫。院子里的乡干部说，早知道有这等好事，也宁愿被"流放"。也有干部说，你能下得了狠手，拿自家孩子演"苦肉计"？

研发成功后，季丙川回来继续当文书。后来，威平乡改威平镇，书记换了一任又一任，季丙川还是文书，一直干到退休。

退休后，一帮老伙计坐老年协会门口晒太阳，也在镇里工作的老葛头问季丙川："当初潘书记看中你哪点了，笃定能成事？"季丙川呵呵两声说："讲个故事吧，自卫反击战，一支后援部队行军途中遭遇敌军地雷区，团长命令边排雷边行进，速度慢下来，战士带的水喝光了，嘴唇起血泡。不远处有片甘蔗林，炮兵连连长自告奋勇带几名战士去砍甘蔗，可到傍晚都没见踪影。团长派人去侦查，发现连长和战士全躺在血泊中，身边是用皮带扎好的几捆甘蔗。"大伙听了唏嘘不已。季丙川说："一辈子成不了英雄，就不许雄起一回啊？"

这回面对死神，季丙川没再雄起，在 ICU 躺了二十八天后撒手人寰。小军和小兵拖家带口回来，处理好父亲的后事又急急走了。小军想让母亲跟着自己去成都生活，可田景死活不肯，说宁愿一个人待在家里。有时天气好，隔壁老婶们过来陪着坐一会儿，劝慰她说："两口子老了，迟早会有一个早走，留下一个，这是命，得认命。"大家抹把浑浊的眼泪，烧饭的烧饭，接孙子的接孙子，陆续走了。田景独自坐在小院里，墙角一株红枫还没长出新芽，干瘪的枝条向上延展，一只黑白相间的鸟跳来跳去，叽叽，叽——两声短一声长地啁叫，继而展开翅膀，朝天空滑翔而去，留下一片寂静。这时，一串趿拖鞋的"踏踏踏"声由远及近，清晰地传入耳膜，田景面部抽搐起来，颤巍巍转过身。拖鞋声时断时续。她循声进到里屋，没有人，寻遍角角落落，还是没有人。老式座钟"滴答滴答"不紧不慢地走，旁边摆放着季丙川的遗像，正咧嘴对她笑呢。

棱镜

夏丹的话

我一时间没弄明白雷晨究竟得了什么病。

坐在阳台上，他脸色泛青，嘴角胡子像撒了把芝麻，上身卷曲，两条腿展开，整个人拖成一个逗号。平时他很在意自己的胡子，说这是一个男人的图腾。手里捏把长柄椭圆形棱镜，对着太阳不时变换角度照来照去。透过镜片，他的眼球分裂成好几瓣，好似切开的瓜露出血色瓜瓤，显得异常突出。

"玻璃花一样，你也瞧瞧。"他把棱镜递给我，我起身，懒得理会看似怪诞的行为。

"就这些，帮我找找。"他拉住我。

"搞不懂你到底要做什么，搞科研？"我说。

他点头又摇头，目光越过我，延伸到很远的地方。上周，他列出的书单是医学类，这回是动植物百科，截然不同的类型，把人搞晕了。他把写满书名的纸从作业簿撕下来，折叠好后塞到我手中，像交付重要的任务。我们杂志社有购书优惠，翻过先前帮他购的书，有读过的痕迹，有些还着重用红笔标出。

天空堆积起灰色棉絮状云朵，阴沉沉的。楠山一年中的雨天天数要大于晴天，遇到梅雨季，连说话都透股霉气。这里盛产珍贵的金丝楠木。七年前，我与雷晨从华南师范大学毕业后慕名来到这里，爬遍楠山大大小小数十座山头，没寻着金丝楠木影子。当地人说，早在20世纪七八十年代，大小楠木就像撸串一样被撸了个精光。南方有嘉木的美梦没做成，雷晨应聘一所私立中学任语文老师，女校长开出的薪酬很具诱惑力，选人也拿把钢刷子不留情面。我找工作费了几番周折，签了楠山旅游杂志社专栏撰稿人，靠笔头混饭吃，日子过得平淡无奇。两人成了南漂一族，雷晨狗头运尚佳，找对象、结婚、生子完成人生三部曲，事业生活双丰收。可最近不知怎的，总是神神道道焦躁不安，所言又不详。听说男人也有更年期，对他又为时尚早，估计跟这个鬼天气有关，搞得人心情都湿漉漉的。

有段时间，雷晨狂热的自恋我是亲眼看见的，赤裸上身，随杰克逊富有节奏的歌练胸肌，左颤右跳，音乐多快抖得就多快，最后像黑猩猩金刚，握紧拳头捶打叫嚷："女神啊，我激情的怀抱为你敞开！"一副荷尔蒙过剩的样子。刚来楠山合租，我们同进同出，邻居以为我俩是恋人。他很是不屑，像玷污了自己这块好身板，说："看你跟看自个没啥两样，没兴趣。"我敢断定他看到过我洗澡，要不就看过晾在阳台的 A 罩内衣，女人该有的凹凸从来与我无关，再加在大学练铁饼，把胸脯练成铁板一样，一头飒爽的短发，与男人没多少区别。读大学的时候，住我上铺的女生明明是小胸，非得用海绵垫得高耸耸，看到心仪男同学过来，要么佯装风吹杨柳，要么弯腰系鞋带，还老半天系不上。我们私底下称她是"无胸脑"。

雷晨刚入职，就追过学校一个女老师，我也见过一次。对方长相可人、性格内向。他本想来个近水楼台先得月，不料黄了，败在细节上。他描述说，情到浓时，正想往那红艳艳的嘴唇上亲，生生被对方给挡回来，一脸的嫌弃，原来是满口大葱味误了好事。他说过于猴急，忘嚼口香糖了，说罢哈哈大笑。后来有段时间，他常骑白色电动"小毛驴"去楠山古街景区晃荡，回来哼着小曲满面春风，嘴里有股奶茶味。我问："干吗去了？"

"去找灵感。"

"找灵感还喝奶茶？"

"走累了口渴。"

我熬夜写稿，才需要天灵灵地灵灵助我脑灵灵，他一个教书匠找鬼灵感？我才不信，直到他把景区靓丽的女售票员追上了，我才明白。真是高人不露相，我从中总结了一条经验——奶茶比口香糖更宜遮口臭，便于行事。

白佳宁的话

古街，古井，一群来去匆匆的游客，重复着同一句话，挂着同样的微笑。快到"五一"假期，临街窗棂扎上红绸红花打扮一新，像急着把自己嫁出去的新娘。

纷乱的脚步会在古井逗留徘徊。我往井底瞧过，泛黄的水很浑浊，只照见人影，井边刻着两个字，一个"洋"字，另一个是"田"还是"品"已分辨不清。美女导游扛着小红旗，招呼大家围过来，我已经开始在心里替她讲述。"这是口神奇的井！"说完第一句，停顿几秒，着意营造一种氛围。再接下去，"井底连着河，河直通海，从前往井里扔块木板，可以在几公里外的海边冒出来，大家不妨扔硬币试试运气。"游客纷纷照做，看看没有动静，嘻嘻哈哈走了。旅游人的智商有时会归零，愿意听人讲些不着边际的话，还宁信其有。我像钉子一样钉在窗口，看着一批又一批的人来人往。

"美女，美女——买票。"一个戴墨镜的游客在窗口连唤好几声，把我从恍惚中拉回来。

"您需要联票吗？"我微笑着问。

他看着一眼能望到头的古街，问身后同伴，同伴摇头。

明知99%游客不会购买联票，但我得不断重复，联票就是搭车推销景点，大景点套小景点，知名的套不知名的。我是不是应该把自己也搭车推销出去？搭桑塔纳、宝马、奔驰还是兰博基尼？售票员是景区的形象窗口，外表、身高、气质一个不能落，五六百人报名，过五关斩六将最后剩下两个，真正是百里挑一。灰色笔挺套装，彩色丝巾，曾经，我的微笑是真诚而由衷的，相比卖杂货的销售员，新工作带来的自信让我对未来充满憧憬和向往。

撕下两张票递过去，游客很快融进古街的灰色中。我一直固执地认为，古街的色调是灰色的，灰色瓦，灰色墙，灰色石板路，映衬着每张脸也显得灰暗。现在不同了，走到哪里都是红的，涂上胭脂一样，喜气洋洋，古街是城市过去的脸面。要不是工作需要，我都懒得在脸上涂脂抹粉，讨厌看

棱镜

见镜中的自己，涂粉只是为了掩盖真实的苍凉和无奈。以前被称呼为"美女"，心中会暗喜，现在听着俗不可耐，甚至有些刺耳。生完孩子，脸上黄褐斑疯一样长，一年比一年多，与不断飙升的体重有得一拼，静下来，能听到身体零件"嘎吱嘎吱"生锈的声音。办公室吴姐给我量尺码惊呼："小白，要减肥了。"工作服已加大一码，依旧紧得不能畅快呼吸，雷晨说我想多了，我还和以前一样漂亮，胖点更有女人味儿。嘴上抹了蜜一般，我就知道言不由衷，话说给我听，眼睛一直看着蹦跳的小雨。孩子跟他一个模子印出来，眼、鼻、嘴找不出丁点遗传我的基因，这多少让人有些伤心。能一样吗？言语能骗人，温存却不会。他的手越来越少停留在我的肌肤上，不再变着法子哄我开心，甚至听我说话都心不在焉。

真令人沮丧，似乎没做选择，就把未来托付了。我究竟搭上什么样的车？恐怕连车都算不上，是"小毛驴"，还是白色的。我喜欢一切与白有关的东西，我宽慰自己，这是理想的影子，憧憬的尾巴。他左手一杯奶茶，右手还是一杯奶茶，开口就是"f""h"不清的湖南腔，小姐妹叽叽喳喳推搡我："瞧，'奶茶哥'又来了。"后来我问他，别人追女孩都用玫瑰花，你咋单用奶茶？他笑而不答，把我揽到怀里，紧紧地，生怕我像小鹿一样逃走。他的胸膛是座山，宽厚温暖，还会跳舞。"小毛驴"载着爱情，在林荫道下飞驰，微风吹拂我的长发，多么让人沉醉，让我失了定力也迷失了方向。女人总归是爱花不爱奶茶，娇艳的玫瑰花更配自己，最好化与奶茶兼而有之。恋爱中的女人有时会耍耍小性子，故意躲起来不见他，可他很快找得到，好像在我身上安装了跟踪器。后来才知道，他用一杯杯奶茶贿赂我的小姐妹。

楚医生的话

"在你们医生眼里，人人是不是都有病？"他冷冷地问，嘴角两撇短须微微上扬，似笑非笑。

"大凡坐在我面前的或多或少都有问题，可能出在心理，可能出在身体。"我小心避开"病"这个敏感词。

他抱怨耳边老有声音嗡嗡作响，搅得日夜不得安宁。

我问："能听清是什么声音吗？"

他说："像是说话声，又像是有人在轻轻哼唱。"

"听得出是谁的声音吗？"

"听不太清，似曾熟悉似曾陌生。"

我初步判断，这是患者早期出现的幻听症状。如果不及时跟进治疗，会逐渐形成幻觉，恶魔一样吞噬着神经，步步紧逼，直至控制整个肌体。

我让他平躺下来，闭眼，做腹式呼吸，开始冥想，试着与听到的声音对话。他照着做，眼皮一直在跳，手上捏柄棱镜不停转，这个细微动作引起我的注意。他很克制，也很理智，这样的人不太容易袒露心扉，反而会下意识对抗别人让他做的一切，把自己包裹得更深，催眠术在他身上不起作用。我眼前闪过一幅画面：金色海滩上，一只红脚蟹小心地钻出洞，大钳飞快翻动寻觅食物，周边堆起一粒粒小沙包，稍有动静，红脚蟹得了令般缩回洞里。大多患者躲进挖的洞里，谁也拉不出来，除非自己愿意走出来。

"你是物理老师？"我试着转移话题。

"是老师，不教物理。"我问一句他答一句，刻意不透露更多信息。

"你得抓紧治疗。"我对他说。看得出他对心理干预疗法抱有戒心，更准确地说，是在试探我的水平。

"比如你，在我看来只是某种原因导致的焦虑，需要心理疏导。当然，焦虑也分等级。"

"在你看来，我是属于哪一级？"他问。

"偏轻一级。"我含糊地说，接触患者多了，我能随时随地隐藏得不露痕迹，让患者去领悟。他笑了，脸上表情有所放松，看得出认同我的判断。

"当然，没有谁会心甘情愿承认自己有心理疾病，患者与医生需要有个逐渐信任的过程。"

"这个我承认。"他娴熟地转动手中的棱镜，然后举起来，在我面前晃晃，"你怎么看这个？"

"只是个照妖镜。"我轻松愉悦地说。其实真正想表达的是，你是个用外表的冷淡掩饰内心狂热的人。一个人无意或有意的行为，都在暴露他的真实意图。他胡子上翘，笑意更浓，靠近我说了一句话，我听明白了他的来意。

陈含秋的话

开始以为自己捡了个宝，渐渐发现这个宝浑身是刺，成了难以驯服的刺猬。我靠在椅子上，重新打量起这个男人，想从他玩世不恭的表情里找到真实。

他人已走到沙发边，又折回来，来到我跟前，隔着宽大的办公桌，一股源自男人体内的气息扑面而来。平时他也不敲门，跟进出自家一样，进来便把自己投进沙发，伸展长腿、头枕胳膊，惬意地躺着，白衬衫下的胸脯一起一伏，好似藏着座小火山随时可能喷发。我朝他丢过去一封信。

"看看吧，校园信箱转来的。"

"告状信？分量不够。"他把信封在手上掂掂。

"还不够吗？雷老师，众口铄金。一口同样可以，这里是学校，教书育人的地方。"我已经起了愤怒。

他不慌不忙从口袋里掏出棱镜，在我眼前晃晃。

"医生都说了，这是照妖镜。敬爱的陈校长，我现在照见你一脸怒火。"

我简直要吼起来，又努力克制着。一个女生在日记里着意描写作为班主任的他富有韵律的胸肌，给出诸多溢美之词，被家长发现。

"我怎么看不重要，您怎么看才重要。"

"甭管别的，你为人师表，要注意着装举止。"

"夏天满大街露脐装女人，你去告她们色诱？最起码我没有袒胸露乳吧。"雷晨拍打胸脯，"我倒认为我带的学生有欣赏美的眼光，而且坦诚。教育不是把人塑造成完人，是让每个人更好地成为他自己，爱憎分明，真诚友善。反倒是这个家长的行为值得商榷，中学生是未满十八岁，起码也是半民事行为能力人，有隐私权。"

换作别人，断不敢用这种口吻和我说话。真是个活宝，有些棘手：靠太近，伤身；离太远，伤脑。他在激发学生潜能上自成一体，教学也别具一格，在课堂上，学生可以自由地坐在桌子上，甚至跑到讲台与他辩论得面红耳赤，思想活跃，个性张扬，班级成绩稳居前茅，许多家长都冲他来的。他有些得意扬扬，不知道天高地厚，把我的宽容当成软弱可欺，甚至把我也纳入他的教育理念中，想着法子看这个整日化精致妆正襟危坐的离异女人（他认为的），何时卸下盔甲，露出哪怕丁点的本真，然后，以胜利者的姿态长啸而去。我不能让他轻易得逞。

办公桌前摆放着一张照片，女儿脸上洋溢着阳光般的笑容，背景是大洋彼岸的纽约大学。

夏丹的话

我把新购的一摞书送到雷晨家，摁了门铃没人回应，写了张便条，连同书放在门口。下楼正好遇到白佳宁，她脸上挂了一层霜，点点头算是打招呼，我也点点头。这女人模样娇小，很会作，见到蚯蚓、虫子一惊一乍，夸张得花容失色，脸看着花红柳绿，卸妆后估计就一副惨白状。真不知当初雷晨看中她什么，难道仅仅是因为能激发他一个大男人强烈的保护欲？听雷晨说，近阶段她为减肥，饭一粒粒数着吃。倒是小雨活蹦乱跳地跟在后面，亲热地叫我阿姨。这孩子大脸、垂耳，跟雷晨很像，我俯下身捏捏他软乎乎的脸蛋。

"雷晨好些了吗？"我随口问一句。

"他又……怎么啦？"白佳宁看着我，表情复杂，好像作为妻子错过了本不该错过的。我意识到自己问多了，搪塞几句便走了。

晚上几个朋友聚餐，雷晨喝了一两酒，大盘脸红得像张飞。知道他酒量不行，我们起哄，罚他把桌上的一碗汤圆吃完。三四十个汤圆转眼被囫囵吞枣一扫光，他噎得脖子一扯一扯，像吞了鱼的鸬鹚。酒足饭饱，大伙天南海北吹了一通便散去。我开车送雷晨回家，说早上遇到白佳宁，她脸色看起来不太好，是不是生病了。

"是得了心病，其实用不着涂这么厚，褪去皮囊都一个样。"雷晨满嘴酒气，这话白佳宁若听见，堪比遭雷击还要震惊。

"女为悦己者容，生了孩子的女人容易敏感。"

"空皮囊与裸体没什么两样，开始还刺激，越看越索然寡味。"

我不知道他是特指还是泛指，朋友有时靠太近，反倒生出陌生来。当初他想方设法才把白佳宁追到手。据说当时有个富二代也在追白佳宁，还是他棋高一着。在外人看来，他事业有成，家庭美满。而在我这个还在婚姻围墙外的人看来，爱情终究是易碎品，经不起柴米油盐的打磨。

"你也该给自己放个假，出去走走了。"我说。

"往哪里走？一张网把你网得死死的，现在老师累，学生更累，太压抑，稍有真情流露就被认为山洪猛兽。"

"谁都要经历这过程，这是成长的代价。"

"油亮的青春痘，膨胀的身体，躁动的青春，懵懂的爱情，都明明白白写在脸上。所谓成长，就是吐出一层层丝包裹起来，直到认不出自己。"雷晨长叹一声。

我原以为是雷晨自己，或者是白佳宁出了问题，现在看来，远不止这些。

白佳宁的话

毛衣稍有不平整，就拆了重织，一针针织，一行行拆，我追求完美。小雨赤脚在沙发上蹦跳，线球在他脚边滚来滚去。这孩子天生好动，一刻不停，我都怀疑他是不是得了多动症。雷晨不把这当回事，说男孩越好动越聪明。这个时候，他捧本书坐在落地灯旁，明显感到一个字都没看进去，因为没见他翻过页。晚饭时，他说胃疼，我给他找颗消食片，他又说不用。昨晚，我站在阳台上等他，看到是夏丹送他回来。这个女人，哪儿都有她。

"开心才喝几口，让我喝也喝不多，就一两的份。"而我知道，男人喝酒更多是解忧愁。

"夏丹问你好些了吗。"我说。

"我本来就很好。"他低头认真看起书来，"这饶舌的家伙。"

倒是希望她饶舌呢，我能多了解些眼前的男人，知道他在想什么，在做什么，为何越一起生活反倒越牛疏。小姐妹说，丈夫一丈之内才是夫，那一丈之外呢？是一片天？是一个人？从坐着的窗口看古井，盯着看久了，古井不再是古井，变成一个黑圆点，一片飘零的树叶，一个大大的感叹号，以一种陌生的面孔在眼前飞舞。生活就像是拖地喇叭裤裤边，没过几年，就磨得粗糙不堪。我常常想，如果嫁的不是他，而是另外一个人，这个时候，我会坐在哪里？跟谁在一起？在做什么？

丈夫的朋友也应该是我的朋友，但我对她偏偏有着一种天生抗拒，不承认，不接受。屋里总有股浓香型洗发水的味儿，久久不散，提醒着我这里曾经生活过另一个女人，而且还跟雷晨同在一个屋檐下。有一段时间，她还握着家里的钥匙。这让我很没有安全感，两人亲热时都竖起耳朵，心不在焉，雷晨说我多虑了。我倒真想拥有自己的安乐窝呢，就他那点工资离买房还很遥远，重新租个房子又嫌搬家麻烦，况且这里离学校近，走走十来分钟就到，"小毛驴"都用不着骑，最后我把门锁换了。

喉咙管里像塞了面疙瘩，吐不出来又咽不下去。天底下男女哪有纯正的友谊？全是自欺欺人的鬼话。她长得没我好看，可她比我更知道雷晨想要什么，不想要什么。同住这么久，真没点事？我缠着雷晨，越不相信的事越想去证实。"能不能换个话题，她就是我一哥们，我都没把她当女人看。"雷晨信誓旦旦，我问得多了，索性装聋作哑。见他敷衍的样子，我心里老大不是滋味儿。她来家从不打招呼，好似我压根就不是女主人。两个人在阳台上嘀嘀咕咕，见我进来，又装作若无其事。我合上门，听雷晨小声说："就那样，别理她！"

她一定在雷晨面前黑我损我，我与她有什么仇呢？怪我夺了雷晨的爱？你爱他为何又不嫁给他？只要有她在，这家就别想安宁。想到这些，我的头嗡地炸开，浑身针刺一般，恨不得当着他们的面，对她大喊大叫，叫她立刻滚出去，别再进我的家门。雷晨有时半夜蹑手蹑脚起来，他以为我睡着了，其实我很清醒，他趴在桌上写什么？当老师是不是都有这样的嗜好？爱不停出题，不停找答案，还非得是标准答案，而我是不是他的标准答案？

楚医生的话

我提前十分钟到约定的茶室，找个安静角落坐下，要了杯普洱，边翻杂志边等，这是我的职业习惯。茶室装饰很有民族风，红白相间主基调，顶上倒挂一串串干薰衣草，弥漫股原始的草木香。茶室里除了柜台女服务员就是我，喝茶的人一般都会选下午三四点钟，上午这个时间很少有人来。

一个穿卡其色风衣的女人进来，环顾一下四周，径直朝我这边走来。"你是楚医生？"我点点头，她坐下来，有些拘谨。我问她喝什么茶，她说就白开水。她五官小巧精致，同她的身形很相配，眼圈有淡淡的黑晕，看得出用粉底霜精心遮掩过。她不爱正眼瞧人，低垂着眼帘一副心事重重的样子。这时候我起谈话的主导作用，聊天气、聊旅游、聊家庭、聊孩子，尽管我没结婚，但听得多见得也多。她整个人慢慢放松下来，开始述说自己对工作、家庭、生活的种种困惑不解，甚至提到丈夫有个亲密无间的异性朋友，说到动情处，声音竟哽咽起来。我一直没有打断她，她需要有这样一个忠实听众。女人天生嗅觉灵敏，能嗅出家庭哪里出了问题，一旦结了婚，家就是她守护的堡垒，容不得半点闪失。我反倒觉着她比她丈夫更好相处，从某种程度上说，治疗效果会更显著。

"可以谈谈你的过去吗？"她顿了一下，没想我会问这样的问题，似乎在犹豫。我装作无意地看看手表。她感到了某种紧迫感，不想错过舒缓情绪的出口，缓缓开口："读初中时，父母闹离婚，他们有可能更早就出现了裂痕，只不过瞒着我。爸爸外头有人了，老妈不甘心，三年拉锯战，我要么被当宝争来争去，要么是要挟对方的砝码。我整日提心吊胆，战战兢兢，讨厌回到那个家。我发誓，等我长大有自己的家，一定要守护好这个家，不容许任何人破坏。"

灯光照在她的脸，显出一丝红润，也只是瞬间。

"愿望实现了吗？"

"可……太难了。"她摇摇头。

"谁或多或少都有不堪回首的往事，要直面这些带给我们的伤害，才能更好地与过去和解。"

她似乎又回到了自己的世界，不知道有没有听见我说的话，出茶室前，环顾四周，确定没有人注意到她，才快步走了出去。

陈含秋的话

我在教室走廊尽头把他截住，他正夹着课本急急要走。我让办公室通知他好几回，他找理由避而不见。

"请都请不动了？"我说。

"愿意坦诚相见？太阳真打西边出来了。"他弹弹衣袖上的粉笔灰。

"你打算自行辞职，还是学校下逐客令？"我先发制人，对桀骜不驯的人得用狠招。他怔了一下，被我的话唬住。我说完扭头便走，用余光见他有些沮丧地跟在后头。你也有怕的时候，我暗自得意。门卫老杨在修剪花木，探出头往这边瞅了瞅，又缩了回去。女生父母见写信学校没有反应，挑起舆论战，小报记者天天在校门口堵我。为尽快平息事态，我不能再听之任之，得给出处理结果。

"陈校长，你这釜底抽薪的阳谋行不通。"他坐下来的时候，嘴角胡子上扬，恢复了常态。

"我开的工资，就有权力处置我认为不合适的老师。"我态度从没这么坚定过，高薪还怕找不着好老师？

"关键是我罪不至此，您就随便开人，会寒了全校其他老师的心。"

他见我不说话，侃侃而谈起来："您应付了眼前的危机，更大问题随之而来，马上就要中考，临阵换将，学生能答应吗？家委会能答应吗？现在的家长眼睛贼亮，权衡利弊，您得掂量掂量。"

我阴沉着脸，像当众被扒光衣服，照见满是算计的内心。在他面前，辩与不辩，总归处于下风，他天生有股魔力可以掌控学生掌控一切。我手心痒痒，真想狠狠抽这个男人一巴掌，不仅是解恨，更带着嫉妒。学校从无到有，从小到大，倾注了父亲毕生心血，继承过来那一刻，我就渴望有个男人站在身旁，希望他有颗同父亲一样的拳拳育人之心，有与时代同成长的教育理念。

"我教您一招，三十六计，走为上，避开一段时间。关于我这件事，就只需要发个申明，表明学校态度即可。"雷晨倒像是在处理别人的事。

平心而论，我多少已开始厌倦这样的生活，又不愿做太多挣扎和改变，周而复始的忙碌能填补空虚，哪怕是煎熬。

"我习惯这样生活。"我说，这倒是句真心话。

"你大可不必凡事亲力亲为，可以聘请职业管理人，像我这样懂教学懂管理的优秀人才，不就是最合适不过的人选吗？学校也是企业，需要一套先进的管理体系，学校还是你的，你大可以像风一样自由，去美国陪陪女儿，去世界各地走走看看，天地广阔任君遨游啊。"他眉飞色舞越说越激动，像只昂头啼叫的公鸡。

夏丹的话

周末，难得天放晴，我在市政广场等人。整个楠山市唯一一棵金丝楠木杵在广场边角，枝干手臂粗，树冠直挺挺，叶子蔫不拉即，吊着药水瓶，与周边枝繁叶茂的香樟银杏形成鲜明对比。行人走过就去抠，够得着的地方树皮剥落，身体伤疤累累，露出丝丝哑金色木纹，估计再抠下活标本都没了。越是金贵之物越容易受干扰和侵蚀，我哀悼它的命运危矣。

今天特意把自己打扮了一下，穿长裙还涂了口红，尽可能显得有女人味些。主编给我介绍了一个对象，说是海归，在外贸公司当副经理。大凡这样，我多半没有信心，不是对对方没有信心，是对自己没有信心。在这里见面，也是海归要求的，说去咖啡吧、茶馆太土，还是广阔天地舒服。我坐着，这时肩头搭上只大手，捏得肩胛骨嘎吱响。我奋力挣脱，回头见是雷晨，冲我呵呵几声笑，声音像从幽远密林飘过来，瘆得慌。我气恼地说："别装神弄鬼，我有要事。"他说："你有什么要事？我倒有要事找你。"我说："我都多大岁数啦，当务之急是把自己嫁了，不然真熬成了一枚剩女。"他一脸坏笑，说："那也得有人敢娶啊，要钱没钱，要貌没貌，除了一副铁打的身板。"我开玩笑地说："要不你把我收了吧，做二房？"他说："可以收啊，往后你就跟着我干，别在那小杂志社混了。"他收起顽劣的表情，神情激昂，两眼涌了电似的。看我一脸蒙，他才正经说自己正在竞选一所学校校长助理，成功概率很大。

看来他真是病了，还病得不轻。放着好好的书不教，想当什么校长助理，莫非接下来一步登天想当校长？一山看着一山高，没有安分的时候，一旦得手，又弃之如草芥，看他对白佳宁的态度就知道。我想起前几日在茶馆遇见白佳宁了，我在小包间等采访对象，听声音就是她，探出头见她与一个成熟男人亲切交谈，还不时抹眼泪，看来交情不一般。我犹豫要不要把这事告诉雷晨，看他兴致勃勃的样子，又不好扫他的兴。

"要发一起发，不要丢下我。当初，也是听你死命吹这里多好多好，才到楠山来的。"让他再剧透点内幕消息，他又不吭声，眼里闪过一丝狡黠，好像我要与他争似的。

"当个教书匠，只能说是一时之计。"他说。

"教书育人，算是受人尊敬的职业。哪像我，整天为稿子逼死大片脑细胞。"近阶段，老是掉头发，一掉就是一大把。

我们相谈甚欢，全然忘了我的约会男士在金丝楠木旁站着。主编给我看过照片，真人果然是一副海归派头，头发抹得与脚上皮鞋一样亮，就差拿根打狗棒。雷晨打着哈哈凑近我，说："有眼光，奶油味十足。"接着把我往对方跟前一推，说，"我家老妹，请多多关照。走了。"男士看着雷晨远去的背影，问那人是谁。我说是个疯子，海归男士不解地看着我，耸耸肩膀。

陈含秋的话

我的头痛病又犯了，起因是雷晨真要辞职，不答应他就玩失踪。一个人在岗没见多重要，缺岗一日却非同小可。他这一走，学生罢课，家委会联名上书，弄得学校很被动。雷晨带的五班是种子班，班里 54 名学生是掐麦头掐来的尖子生，担负着学校重点高中录取率的重任。

他对我说自己有抑郁倾向，医生建议休养一段时间。别人得这病有可能，他得这病，我是打死都不相信。先前让他辞职，是想治治他的张狂，哪想按下葫芦浮起瓢。私底下得知，他正在竞聘另一所私立学校的校助。他这个时候反戈一击，明显是用行动在抗议。虽然他没有公立学校老师那么大名气，但在同行当中算是佼佼者，平时挖他的学校也有。事不宜迟，解铃还须系铃人，我只好放下架子亲自出马。

去了几次都没见着人，不是不在家，就是在医院，要不索性躲进山里民宿，连手机信号都没有。他应该知道我在找他，也清楚学校目前的窘况，这是有意与我玩躲猫猫。我后来打听到旅游杂志社一个叫夏丹的与他交往甚密，想着让她出面做思想工作或许能行。杂志社主编是我同学，很快就安排我与夏丹见了面。见是我找，她有些意外。我问了些雷晨的事情，不知道她有没有隐瞒，起码我清楚不仅雷晨自己，包括他妻子、孩子可能都遇到了难以跨过的坎。

"不止雷晨病了，我们也是病人。"找说了一句。